くぼたのぞみ

曇る眼鏡を
拭きながら

斎藤真理子

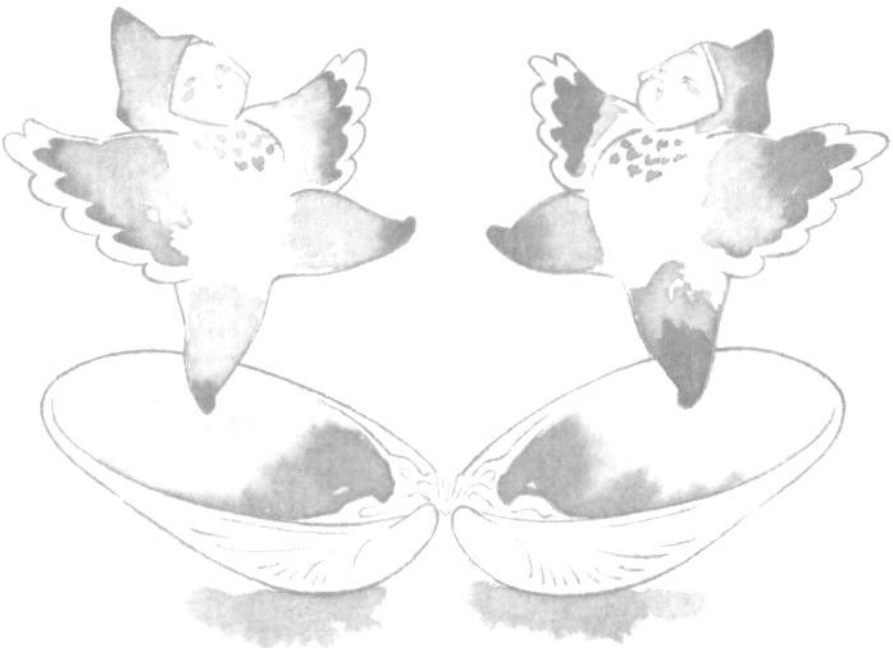

集英社

曇る眼鏡を拭きながら

目次

曇る眼鏡を拭きながら

二〇二一年十二月

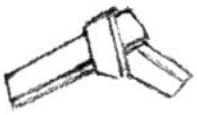

斎藤真理子さま

雪の恋しい季節です。長らく東京に住んできましたが、東京の冬は北海道より寒い、と思ったことがありました。あれは東京で初めて迎えた冬だったかな。

わたしが生まれ育ったのはこの列島のいちばん北にある、ゆらゆら泳ぐエイの形をした比較的大きな島です。その中央からやや西寄りの、石狩川《いしかりがわ》中流域の深雪地帯に住んでいたので、雪に閉じこめられる冬は、室内をガンガン暖めて暮らしました。最初は薪ストーブ、次にコークスを焚《た》き、東京に出る前年はタンクを備えた灯油ストーブを使っていました。

いずれにしても燃やす燃料の量が半端ではなく、立ちのぼる煙も半端ではないので、煙は屋外に出さずには暮らせません。どの家にも屋根から空に向かってニョッキリ煙突が突き出ていました。

外は吹雪、でも部屋のなかはホカホカ。それが長いあいだわたしの経験した「冬」だったのです。内地にやってきて部屋全体を暖めずにこたつで暖を取る暮らしを知って、これは苦手だと思いました。だってこたつに入っても背中がすうすう寒くて、なにか作業をすると手指はすぐに冷たくなる。体の芯が冷えて動きが鈍くなり、活動領域も狭まって、身体的なちぢこまり感が精神にもおよんでいく。それが苦手でした。これはなんだか陰険な寒さだ、非活動的な寒さだ、と思ったのでした。長く暮らしてきましたが、いまだにその違和感は消えず、室内をつい暖めすぎてしまいます。

真理子さんも雪深い土地で生まれ育ったのでしたね。真理子さんの経験した冬の暮らしはどんな感じだったのでしょう。

北海道は地域によって積雪量や最低気温に大きな差があります。根室《ねむろ》や釧路《くしろ》など道東は雪が少なく、道南も比較的少なかったはずですが、道央の深川《ふかがわ》以北は雪が深く、盆地にある上川《かみかわ》や旭川《あさひかわ》では毎年最低気温が出ました。あのころはマイナス二十三度くらいだったかな。

当時住んでいた中空知《なかそらち》の土地では、積雪が一メートルから一・五メートルはありました。初雪は十月末。曇天の上空からハラハラと白いものが降ってきて、家の周りの田畑が真っ白な雪原に変わっていく。降る雪は、田んぼに、刈り取られた稲株だけを等間隔につんつん残して、あたりを白くおおいます。でも雪はすぐに溶けて茶色の世界にもどります。しばらくするとまた、白いものが空から降り注いで地面を白く塗りつぶす。一面の白いキャンバスとなった路上に、自転車のタイヤが黒い線を何本も描いていく。最初は湿っていた雪が、気温が下がるにつれてサラサラの粉雪になって積もり、日中の陽差しに溶けてまた積もる。それを何度かくりかえしながら、十一月になると、春まで溶けない根雪になりました。

ああ、この「根雪」ということばを書きつけるのは何年ぶりでしょう。あたりが白黒の世界に突入してから、翌年の春までおよそ五か月。ずっしりと積もった雪が春の陽差しを受けて溶け、その下でちょろちょろと水音が聞こえはじめて、風が吹き、黒ずんだ名残り雪が地面から姿を消すまでの冬はとても長い。でも春を待つあの長い時間に蓄えられたもの、じわじわ育てられたものは確かにあって、いまはそれを、あられもなく「憧れ」と呼んでみたい衝動に駆られます。

そうそう、話は「東京の冬」でした。移り住んで半世紀以上の時間が流れました。あ、時間は「流れる」のでしょうか、この表現、いつも書いてしまってから、ちがうちがう、と思います。時間は過ぎるのであって流れたりはしないんじゃないか。この日本語の表現に疑問を抱いたのは、ずいぶんむかしだったような気がするのですが。

話が飛びました。頭のなかで記憶の扉がパタンと開いて、むかしの情景が出てくるたびに、隣の扉も負けるもんかと勢いよく開いてしまうのです。扉の後ろからつぎつぎと飛び出してくるものを、あれこれ書き連ねていくと、ひどく取り留めのない話になっていきそう。あ、また飛んだ、と笑って読み飛ばしてくださいね。

東京に住みはじめたころ、東京でもよく雪が降りました。ちらほら降るだけではなくて、よく積もりました。そのせいで電車が止まって、友人といっしょに駅から駅へ、積もって踏み固められた雪の舗道を歩いたことがあります。東京育ちの友人はよく転びましたが、わたしは転びませんでした。体の奥に眠っていた感覚が呼び覚まされて、嬉しくて、ワクワクしながら歩きました。幼いころから付き合ってきた雪の記憶はそう簡単に消えないのでしょう。消えないどころか体の奥に抑え込まれていた感覚が解き放たれて、荒々しくよみがえるという感じでした。

三人の小さな子供を東京郊外で育てていたころも、いまにくらべるとずいぶんたくさん雪は降って、毎年、雪だるまを作ったり、小さなカマクラもどきを作ったりしました。

午後の早い時刻なのに、降る雪のせいであたりはぼんやり薄暗く、それでも、雪の面白さ、楽しさを子供たちに知ってほしい母親は、雪が入らないようゴム長靴に手作りカバーをかけて（古くなった大人の靴下のつま先をハサミでざっくり切って作る）、子供たちを外に出してやりました。三人の子供たちはキャアキャア言いながら家の周りの斜面で雪だらけになって遊びました。

窓から見ていると、いちばん上の子が斜面に仰向けにバタッと倒れて、両腕を横に広げて上下にしきりに動かしています。体の両側に扇のような跡がついていって、天使の羽のよう。下の子たちもつぎつぎとそれを真似て、斜面に大小三つの天使ができていく。あれ、何をやってたの？　と後からたずねると「イカロス！」「イカロス！」「イカロス！」とつぎつぎと大きな声が返ってきました。

あのころちょうど「みんなのうた」というテレビ番組で、ギリシア神話の名匠ダイダロスと息子イカロスの物語が歌になって流れていたんです。クレタ島の迷宮から逃げ出すために、父ダイダロスが鳥の羽を蠟《ろう》で固めて翼を作り、それをつけて息子といっしょに空に飛び立った。あまり高く飛ぶなという父の注意をあまく見て、太陽に近づきすぎたイカロスは翼の蠟が溶けて真っ逆さまに海に墜落する、あの有名な話です。「イカロスの墜落」は西洋絵画の題材として数多く描かれていますが、番組にもきれいなイラストがついていました。そのときの「みんなのうた」になった曲のタイトルを調べると『勇気一つを友にして』（作詞・片岡《かたおか》輝《ひかる》）と出てきて、ええっ？　そんなタイトルだったの？　と驚きました。初放送が一九七五年秋とあるので、私たち親子が八〇年代半ばに聞いたのは、たぶん再放送だったのでしょう。

歌詞をみると、人類にとっての「勇気」をひたすら寿《ことほ》ぐ歌でした。これにはさらに驚愕《きょうがく》しました。だってわたしは、イカロスの墜落は、知恵者のことばを無視する未熟な人間の慢心や驕《おご》りを戒める逸話だとばかり思っていたからです。もちろん神話というのはいろんな解釈が成り立つものだし、「勇気」は美徳の一つではありますよね。でもこの歌の歌詞にあるように、「だけどぼくらはイカロスの／鉄の勇気をうけついで／明日《あした》へ向かい飛びたった／ぼくらは強く生きて行く／勇気一つを友にして」などと無条件に褒め称えるべきものではないでしょう。

「勇気」とは、個人の内部に秘かに養われ、困難にぶつかったときに生き延びるレジリエンスとしての力となるものであって、外から強いられることがあってはならないと思うのですが。ネット検索をすると「特攻隊」のようだという批判もありました。あの当時の日本社会には右肩上がりの経済を支える企業戦士を育成しよう、原発もどんどん作ろうという雰囲気があって、そんな時代の背中を押す歌詞だったのかもしれません。わたし自身もそのときは聞き流していたように思います。

とにかく小さな子供たちはそんなことはお構いなしに、天使のように空を飛ぶ翼を雪上に作り出す遊びとして、イカロスの話を積極活用していたわけですが、そうやってひとしきり遊んだあと、祖母が編んでくれたミトンの編み目にびっしり雪をつけて、手も顔も溶けかかった雪で真っ赤にしながら家に帰ってきました。全身から雪を払い、大急ぎで着替えさせて濡れた衣類を室内に吊るす。するとそこから湯気が立ちのぼる。それを見ながら、北海道の冬を懐かしく思い出したものでした。

真理子さんが訳したハン・ガンの『すべての、白いものたちの』（河出書房新社）を読んでいて身震いしたことがあります。雪が出てくるシーンでした。衝撃を受けたと言ったほうがいいかもしれません。

　雪が降りはじめると、人々はやっていたことを止めてしばらく雪に見入る。そこがバスの中なら、しばらく顔を上げて窓の外を見つめる。音もなく、いかなる喜びも哀しみもなく、霏々《ひひ》として雪が舞い沈むとき、やがて数千数万の雪片が通りを黙々と埋めてゆくとき、もう見守ることをやめ、そこから顔をそらす人々がいる。

読みながら息を呑みました。バスの中に自分がいて、窓から外を見ている、そんな情景が浮かんできて、雪が降りはじめるときのしんとしたリアルさに驚いたのです。「これは雪恋の書だ」と思いました。そう読み取っているのは自分の主観なのだと知りながら、「霏々《ひひ》として雪が舞い沈むとき」という表現にさらに打たれて、「雪恋の書」と名づけたい誘惑に負けました。それ以来、『すべての、白いものたちの』をわたしは心のなかで、秘かに「雪恋の書」と呼んでいます。

産着、雪、米、骨と、物とイメージの連想をつづる、厳しくも美しい『すべての、白いものたちの』に魅せられたわたしは、続いて読んだ『回復する人間』(白水社)の七つの物語にじわりと癒されました。それは、ハン・ガンという作家の作風が好きということもありますが、訳者である真理子さんの的確な訳語選びと美しい文章のおかげだったことが、いまになるとよくわかります。この二冊で、わたしは翻訳者、斎藤真理子と出会ったのだと確信します。

それから、それから。

神保町《じんぼうちょう》の日本酒を飲ませる店で数人の女たちが「飲み会」を始めたのはいつだったのでしょう。記憶はどんどんおぼろになっていきます。最初は、長いあいだ「水牛」関連の編集をしてきた八巻美恵《やまきみえ》さんと若い人が一人、二人加わり、わたしが場所を予約して、といった感じだったのかな。そこに斎藤真理子さん、岸本佐知子《きしもとさちこ》さんという最強メンバーが加わった。あのころが転回点だったのかもしれません。藤本和子《ふじもとかずこ》の仕事に感銘を受けてきた女たちが寄れば、話し合うのはあの隠れたる数々の名著の復刊のことになるのは必然です。そのためにひと肌だって、ふた肌だって脱いでしまう面々ですから、復刊はどうしたら可能か、どれを最初に復刊したらいいか、あれがいい、これも大切、いやこっちが……という話で盛り上がります。酒も旨く、計画はどんどん熱を帯びて、具体的に動く人があらわれて、藤本和子の最初の聞き書き集『塩を食う女たち――聞書・北米の黒人女性』(初刊は晶文社)が岩波現代文庫に入ったのが二〇一八年の暮れでした。

祝杯をあげる店を神保町の居酒屋から松陰《しょういん》神社前のビストロに移して、私たちの飲み会は「塩を食う女たちの会」「塩食いの会」「塩の会」などなど、その時々で各人が気分に合わせて好きなように呼び、ワインを飲んで美味しい料理を食べながら、次はどれを復刊すべきかと策を練る「塩の民」の集まりとなっていきました。

真理子さんからいろんな「塩」をお土産にいただいたのは、二冊目はこれかな、とわいわい議論していたときでしたっけ？　それともその二冊目『ブルースだってただの唄』(初刊は朝日新聞社)の出版が決まって、そのお祝いを兼ねた会のときだったのでしょうか。

コロナウィルスが猛威をふるいはじめたのは、その翌年二月からでした。それ以来やりとりはメールになって、二〇二〇年の秋、『ブルースだってただの唄』がガッツあふれる編集者Kさんの努力によって、ちくま文庫から復刊されました。そこにいたるまでのみんなの奮闘ぶりがすごかった。復刊の意義をわたしが手紙に書き、企画が通って、超多忙の真理子さんが解説を書き、帯名人の岸本佐知子さんが帯を書き、八巻美恵さんが「水牛」の蔵のなかで熟成させたとびきりの話を加えた増補バージョンとなって、アフリカン・アメリカンの女たちが作り出すキルトのようなカバーの本ができました。もう感無量でした。みんなで祝杯をあげたいねえ、といいながら、その「かなわぬ夢」を温めつづけたのでしたね。ようやくそれが実現したのは、本が出てから半年も過ぎたころで、ちょうどコロナの波と波のあいま、四人以上の集まりは不可という条件のもとでした。沖縄の黒砂糖をいただいたのはそのときでしたっけ。あれはしばし病みつきになりました。

わたしが翻訳を志すきっかけとなった藤本和子さんの仕事との出会いについては、すでにあちこちに書きましたが、もう少し詳しく、というか、ぶっちゃけた話を聞いてください。書き出したら止まらなくなりそうですが、とにかく一九八〇年代の初めに「翻訳をやりたい」と真剣に思いはじめたのは、藤本さんの翻訳を読み、彼女の書く解説を読んだからでした。もちろんリチャード・ブローティガンの『アメリカの鱒《ます》釣り』（晶文社）は翻訳が出てすぐに読みましたが、あれは一九七五年、自分の「ヘロヘロOL時代」だったのかと感慨深いです。

一九八一年と八二年に七巻本として出た『女たちの同時代　北米黒人女性作家選』（朝日新聞社）との出会いが決定的でした。上野池之端《いけのはた》に住んでいたころで、ベビーカーを押して行ける範囲に良い書店がなく、読みたい本を買うには神保町まで出なければならなかった。小さな人たちがつぎつぎとやってきた池之端時代は読書時間がなかなか取れず、作家選を本格的に読みはじめたのは八三年、東京の西部郊外に引っ越してからでした。近くに、日本で一、二を競う先駆的な図書館があって、読みたい本はリクエストすればすぐに集めてくれたのです。お世話になったこの図書館には感謝しかありません。七巻のシリーズにエッセイを寄せていた森崎和江《もりさきかずえ》、石牟礼道子《いしむれみちこ》といった書き手を、新たな視点から再認識したのも藤本和子の仕事を通してでした。

真理子さんが「藤本和子の仕事」と出会ったのはいつごろだったのでしょう。それはどの本だったのかな？　たぶん前にも聞いたかもしれない、でもここで確認してもいいですよね。

わたしが藤本さんに初めて会ったのは一九八四年の五月で、原宿のカフェでした。そこへ至った経緯を話しましょうか。

『北米黒人女性作家選』を夢中になって読み耽《ふけ》ったあと、いくつか疑問が湧いてきました。あれはどういうことだろう、これはどうなっているんだろう、もっと知りたい、と思って版元の朝日新聞社出版局の故渾大防《こんだいぼう》三恵《みえ》さんに手紙を書いたのです。紙の便箋に万年筆で書いた手紙はかなり分厚かったなあ。

一読してほぼノックアウトされたアリス・ウォーカーの『メリディアン』(高橋茅香子《たかはしちかこ》訳、朝日新聞社、のちにちくま文庫)に藤本さんが書いていた解説「衰弱そして再生」が秀逸で、冒頭に引用されていたウォーカーの詩が心に染みわたりました。

誰の寵児にもならぬがよい
除けものでいるのがよい
おまえの人生の
矛盾を
ショールのようにして
身を覆うがよい
石つぶてを避けるために
からだが冷えぬように

『革命的つくばねあさがおとその他の詩』より

この「衰弱そして再生」は、六〇年代アメリカの黒人公民権運動のなかで、対抗暴力を行使することについて、主人公メリディアンが徹底的に自問する経緯を深く考察していました。そこに、わたしが大学に入った直後に始まり、野火のように日本全国に広がった大学闘争とその時代を再検証する鍵が秘められていたのです。二十代のいろんな経験によって自分が受けたダメージの後遺症を「衰弱」と認識することで、そこからの再生の芽が見えてきた。その認識はわたしにとって、とても重要だった。そんなことを、ミシェル・ウォレスの『強き性、お前の名は』（矢島翠《やじまみどり》訳、朝日新聞社）をめぐる疑問などといっしょに編集者宛の手紙に書いたように思います。質問に簡単なメモで答えていただければ、というつもりでした。すると編集者の方から、手紙を藤本さんに転送したとのお知らせをいただき、しばらくすると、いきなり藤本さんご本人から電話がかかってきたのです。これにはびっくり。

電話の向こうの藤本さんが、転送されてきた手紙に返事を書こうと思ったけれど、いま東京にいるので会いませんか、お話もしてみたいし、あなたのお家に会いにいきますよ、とおっしゃる。慌てました、焦りました。そのとき受話器を握りしめて見まわした室内の光景が、いまでもありありと浮かんでくるのは、驚愕の度合いがよほど強かったからでしょう。雨の日だったのか、いたるところに洗濯物がぶら下がって林のように視界を遮っていた記憶があります。われながら苦笑するしかない慌てぶりでした。

そして会いました、藤本和子さんに、緊張の塊となって。

リチャード・ブローティガンの翻訳は会う前にすべて読んで、そのときの最新訳『東京モンタナ急行』（晶文社）は文体というか構成がそれまでより緩くなってしまったのでは、という感想を伝えると、やっぱりそう思う？　という返事が返ってきたのには驚きました。おまけに藤本さんは、私たちはブローティガンとはしばらく付き合わないことにしたの、とおっしゃる。もう、わたしの口は○の字です。

とはいえそのカフェには、二冊目の詩集の原稿をまとめたばかりで、図々しく藤本さんに跋文《ばつぶん》を書いてくださいとお願いする詩人（わたし）がいました。いま思うと冷や汗が出ます（でもこれを「勇気」とわたしは呼びたい）。すると好奇心が強くて寛容な藤本さんは、どさりとテーブルに置かれた原稿用紙の束を持ち帰ってくれたのです。そして秋に出た第二詩集『山羊にひかれて』（書肆山田）に「渡れ、橋を」という藤本和子の跋文が入りました。

藤本さんに、翻訳をやってみたい、と無鉄砲な「告白」をしたのもそのときでした。すると、あなたね、翻訳は肉体労働よ、費やす労力の割にはお金にならない、とおっしゃる。それでもやりたい？　はい！　じゃあ、自分にあったものをやること。

さあ、それからです。アフリカン・アメリカンの女性作家たちの作品を図書館で手あたり次第に読みながら、まだ訳されていない本は取り寄せて、おずおずと訳してみたりしたのでした。インターネット書店などない時代です。紀伊國屋書店の洋書部に通って、カウンターに何冊も並ぶ著者別の分厚い赤のカタログ、タイトル別の緑のカタログをひっくり返しながら注文しました。最初に訳したのはアリス・ウォーカーの第二詩集『革命的つくばねあさがおとその他の詩』からだったかな。

折に触れて藤本さんから聞いた翻訳をめぐるアドヴァイスには「翻訳はコンテキストが命」とか「ただの紹介屋になっちゃダメ」とか「必ずわからないことが出てくるから誤魔化さないこと」とか色々あって……。ちゃんと守れているかどうか、ここまでくると、はなはだ心許《こころもと》ないことばかりです。

こんな話、退屈じゃないかなと心配になってきました。だって真理子さんが、ああ、その話もう聞いたわ、とか思ってるのに、書いているわたしだけが面白がっている気がするからです。いろんな意味で先駆的な仕事をした藤本和子をめぐる話は、書き出したら、やっぱり止まらなくなりました。

真理子さんが翻訳をやろうと思ったきっかけはなんだったのでしょう？　最初はやっぱり詩を訳していたんですよね。

二〇二一年十二月一日

くぼたのぞみ

二〇二二年一月

くぼたのぞみさま

くぼたさん、東京が雪です。

予報を聞いて、どうなるかなと思っていたけど、ちゃんと雪になりました。すると何だか「あら、雪じゃん」「雪だね」と賑《にぎ》やかな気分になって（独り言で自分と会話した）、窓の外のケヤキの木が雪をかぶっているのをスマホで撮ったりしてから、この手紙の出だしを雪の話に変更しました。

ちょっと気持ちが浮き立ったのは、これが自分にとって初雪だったからだと思います。去年も都心で一、二度ちらほら降ったようだけど、よく覚えていなくて。新潟市生まれの私はちゃんと積もらないと雪と認識する気になれないので、初めて降った日じゃなく、初めて積もった日の方を記憶するようです。

初雪で喜んだりするの、お気楽でいいねえということになるのかもしれません。私の実家は新潟市のはずれの海に近い地域ですが、海風にあおられた吹雪は怖いですよ。それと、あの「吹き溜まり」というやつ。積もった雪が強風で飛ばされて、前衛芸術みたいな雪の壁を形作ったりします。わが家は坂の上にあったのでなおさらです。小学校低学年のころ、猛吹雪の中、母と一緒に登校しようとしたのですが突風に阻まれ、雪の壁の間で立ち往生し、身の危険を感じて引き返したことが一度だけありました。あの日は欠席扱いになったのか、どうだったのか。ずっと後まで母が「あれは自然の脅威というやつだったわね」と言ってました。

でも、そんな環境であっても子供たちは、初雪の日にはやっぱりはしゃいでいたと思います。

そういえば、韓国では初雪の日をむちゃくちゃ大切にする習慣があるんですよ。あの人たちにとって、初雪はクリスマス、イースターと並ぶ年に一度の宗教行事なんじゃないかと思うくらい。好きな人に告白する日だとか、恋人どうしは初雪の日にデートするとか、プロポーズするとかいうし。私の知り合いに、毎年の初雪の日付をずっと記録している人もいました。

一回めの手紙でくぼたさんが、ハン・ガンの『すべての、白いものたちの』に出てくる雪について書いてくれたでしょ。あの本にはよく、雪が出てきますよね。白いものに寄せるオマージュを集めた本だから、当然といえばそうなんだけど、数えてみたら八か所ありましたよ。中でもいちばん静かな一編にくぼたさんが目を止めてくれたので、あっと思いました。

あれは、バスに乗っている人が窓越しに降る雪を見つめるシーン。くぼたさんが「雪が降りはじめるときのしんとしたリアルさ」と書いてくれた通り、読んでいると体に寒さが滲《にじ》んで空気が透明になっていく気がします。そして、その後に「やがて数千数万の雪片が通りを黙々と埋めてゆくとき、もう見守ることをやめ、そこから顔をそらす人々」の姿を、ハン・ガンは書き留めていますよね。初雪を喜ぶ人々の後ろにいる寡黙な人たち。

話が飛ぶけど、朝鮮語の「雪」と「目」は同音異義語です。どちらも「눈《ヌン》」です。あてはまる漢字はありません。日本の「やまとことば」に該当する固有語です。厳密にいえば発音が違って、「雪」の方は少し長めに「ヌーン」と発音するのですけど（といっても、私はその違いをちゃんと聞き取れませんが）、文字の上では全く同じ。

雪と目が同じ言葉なのは単なる偶然でしょうけど、つい、立ち止まって味わってみたくなる風情があります。ハン・ガンのあの作品もそう。バスの窓から、誰かの「ヌン」が「ヌン」を見つめていると思うと。

その箇所にも出てくる、「눈송이《ヌンソンイ》」という言葉のことを話しますね。私はこの言葉がとりわけ好きなんですが、「ヌン」が雪で、「ソンイ」は、「花びら」の「ひら」に近いのです。だから「ヌンソンイ」は雪のひとひらひとひらのこと。北海道の雪は粉雪でしょう。新潟のは、水気を含んだ重たいぼたん雪が多くて、かなり大きい「ヌンソンイ」がゆっくり、落ちてきます。英語ならsnowflakeだと思いますが、日本語にはいい訳語がありません。意味は「雪片」で間違っていませんが、本当は漢字語じゃなくてやまとことばの語彙が欲しい。

さらに話が飛ぶけど、ずっと前、韓国に住んでいたときに書いたものが韓国で出版されたことがあるんです。韓国語の詩集です。その中に「吹雪」というタイトルのものがあって、それは、この「ヌンソンイ」という言葉を使ってみたいという理由だけで書いたものです。無理やり日本語にすれば、「他のすべての雪片ととてもよく似ているただ一つの雪片」となるんだけど、「雪片」が気に入らないから、本当は日本語にしたくない。

その詩集は一九九三年に出た後ずっと絶版になっていましたが、二〇一八年に、韓国の別の小さい出版社が、『ただ一つの雪片』とタイトルを変えて出してくれました。それよりも以前に、ある作家が「他のすべての雪片ととてもよく似ているただ一つの雪片」という一行をそのまま使って短編を書いて、それが本全体のタイトルになってました。もちろん、引用元はちゃんと明記されていて。

割と最近その作家の方から連絡が来て、ずっと報告したかったけれどできなかった、あなたの連絡先がわからなかったからと挨拶してくれました。それはそのはずで、一九九三年に本が出たとき私はもう韓国を離れて沖縄にいて、その後東京に戻ってきたので、出版社も居場所がわからなかったと思います。その小説の中で、「他のすべての雪片ととてもよく似ている」のは、少女たちでした。ちょっと、しみじみしましたね。

一九九三年のあの当時、ああ外国人がハングルで何か書いたんだ、面白いね、ということだけで、私の書き散らしたものを本にしてくれる人たちがいました。韓国の人は寛容だと思います。私はただ、「ヌンソンイ」と書いてみたかっただけなのに。

そんなものを書いていたのが、もうずっと昔になりました。書いたとき三十一歳で、今の自分が六十一歳ですから、人生の約半分の時点だったことになります。くぼたさんが先回、時間は流れるもんじゃなくて過ぎるもんだって書いてらしたけど、私にとっても本当にそうでしたね。特に子供が生まれてからは、時間はずどんずどんと驀進《ばくしん》していくもので、イメージで言うと、ショベルカーみたいなものがどさっとまとめて時間を摑《つか》んで、次の宿場（笑）まで一気に持ってってしまう感じ。私は必死でそれについていくだけ、中間がショートカットされていて、気がつくと違う地点に到達していて「ええーっ」となります。

その途中でこんなことがありました。沖縄から東京に戻った後のある日、交差点で信号を待っていたとき、一瞬、時間が宙に浮いたんです。小雨が降ってて、肌寒くて、私は毎日焦燥と安堵《あんど》の小刻みな反復の中にいたので、長いスパンの時間感覚は断ち切られていたんです。地面に木の葉がいっぱい落ちていて、人に踏まれてぐちゃぐちゃになってました。それをぼんやり見ているとき、自分が今どっちに向かって進んでいるのか、一瞬ほんとにわからなくなったんです。つまり、今の肌寒さが冬に向かっているのか、春に向かっているのかが。

ここでまた話が飛ぶんだけど——飛んでもいいですよね、いいことにしてください（そもそも、この往復書簡のタイトル案として、「話は飛びますが」という候補も出ていたんだよね。これならどんな話の流れになっても大丈夫だから。それに私（たち）の話、飛んで飛んで飛びまくるに決まってるから）。

なので飛んでしまいますが、そんなにかけ離れた飛距離ではないと思います。藤本和子さんの『塩を食う女たち』のことです。

あの本を文庫に入れてもらうプロジェクトがなかったら、私とくぼたさんがこうしてやりとりをすることもなかったでしょう。毎回「あなたたちはすごい、すごい」と言ったら嫌だろうからわざわざ言わないけど、「塩を食う会」のメンバーはほんとに最強ですもんねえ。くぼたさんと岸本佐知子さんの訳書はずーっと読んできたし。そしていちばん古くから私がひそかに恩恵に浴してきたのが八巻美恵さんだと思います。七〇年代、八〇年代に韓国に関心を持っていた人にとっては、「水牛楽団」の仕事はとても重要だったから。で、『塩を食う女たち』、略して『塩』の話でした。

私、一九九一年に韓国に語学留学する前に、持っていたほとんどの本を処分しちゃったんですよ。そして、最終的に手放せなかったダンボール二箱分だけを実家に送って保管してもらったんですが、その中に『塩』も入っていました。その後、沖縄に移住してかなり経ってからようやく、そのダンボール箱を実家から送ってもらったのだけど、『塩』は本当に懐かしくてねえ。

節目節目で読み返してきたこの本ですが、最初に読んだときには自分は親ではなかったし、親になることはあまりに遠かったなと思うと不思議な気持ちになります。そのころもその後も、三十代になるあたりまで、私にとっていちばん怖いのは多分子供だった。自分が労働に疲れきって最低の気分のときに子供がいて、その面倒を見なくてはならないとしたら……と思うと、それより怖いものはなかった。寛容ではないし、子供も苦手な方だったから。でもこれは多分、普通のことですね。私の世代では、赤ん坊を間近で見たことのない人の方がずっと多かったと思う。後で沖縄に行って、そうではない社会もあると知ったけど。

子供を産むことになったとき、一人だったから、できるだろうかと不安に思ったんでしょうけど（よく覚えてない）、それより前に、できるはずだ、やってきた人たちがいるんだからという思考に先回りされたみたいで、そのとき無意識に頭の中で、リアルであれ本や映画の中であれ、知ってる女の人たちの情報を総動員したと思うんですが、そこに『塩』のイメージがあったことは間違いないはずなんです。もちろん、景気のよさとか、大きな外部条件にも後押しされていたと思いますよ、バブル崩壊後とはいえ今に比べたらずっとよかったから。でもプラスアルファが大きかったはずで、そこに『塩』が作用していたと思う。やり方を見つけた人たちはいるのだから、私にもできるんじゃないかと思った。そこを深掘りしたら、藤本さんの日本語のすごさというものに、突き当たるのでしょう。

『塩』には、シングルマザーがいっぱい出てくるじゃない。単行本の表紙に写真が出ているユーニスも、トニ・ケイド・バンバーラも、ヴァージアも。ユーニスの「あたしは母親にすぎないのよ、母親と父親の両方じゃないからね」という言葉とか、トニ・ケイド・バンバーラの「独身の母親として、わたしはとても満足している」というシンプルな表明とか。その一つ一つがそもそも翻訳の結実なんだと、思い出させてくれたのがくぼたさんでした。『ブルースだってただの唄』の文庫解説を書いているとき、仕上げ前にみんなに読んでもらったけど、そのときくぼたさんに「この聞き書きそのものが翻訳なのだから」という言葉をもらって、それではっとして、書き上げることができたんです。

もう、そのときもらったくぼたさんからのメールを貼りつけてしまうけど、

「だって、現場で語られているのは英語で、録音された音声を聴きながら、一気に日本語にしているわけですから、聞き書きのなかに翻訳はあらかじめ組みこまれています。これは、Born translated = 翻訳されて生まれてきたことばたちですよね。そういう言語間の行ったり来たりの立体感をつぶさないこと、文化や民族など異なるものの存在を感知させるように書くこと = 翻訳すること、というのを藤本和子はめざしていたと思う」。

そうだ、その「異なるものの存在」が感知できるものとして、「わたしはとても満足している」というひらがなと漢字の交じり具合や、「あたしは〜ないからね」という語り口が存在していて、私はそこから大丈夫というイメージを受け取ることができたんだと思った。親になったあの前後のころ、本は手元になかったし、思い出したわけでもないけれど、記憶の中に塩が溶けていて、大丈夫な塩分濃度になっていたと思います。

結果として私は、怖いことは一応、なくなったんです。

ついでにいうと子供を産んで以来、お化けだの幽霊だのも怖くなくなった。中村佑子《なかむらゆうこ》さんも同じことを『マザリング』（集英社）で書いていらして、ああ、仲間だと思いました。でも、怖いものがなくなったのは、それを子供に相続させただけかもしれなくて、私が考えていかなくてはならないことは、そのあたりに集中していると思うのだけど。

初めて出会った藤本さんの本はどれですか、という質問をもらっていましたね。それはもう、『塩』です。最初が『塩』なんです。八三年、大学を出た年、当時住んでた下北沢で買いました。藤本和子さんが誰かも知らず、完全なジャケ買いで、『アメリカの鱒釣り』はその後なんですよ。私にとっては、北米黒人女性の語りを書いてくれたり、『北米黒人女性作家選』の監修をしていたり、『森崎和江詩集』（土曜美術社）に解説を書いたりする藤本さんがまず藤本さんだったんです。その後古書店で『砂漠の教室──イスラエル通信』（河出書房新社）を買って、ユダヤと朝鮮のことが克明に書かれていたので本当にびっくりしましたよ。でもその後、茨木《いばらぎ》のり子《こ》さんが『ハングルへの旅』（朝日新聞社）を出されたので、何だ、私の好きな女の人はみんな韓国・朝鮮のことを書くじゃないかと思ったりもした。『メリディアン』をめぐって、くぼたさんが「衰弱そして再生」というキーワードで語ってらしたこと、まさにあれと同じ読み方を当時、先輩年齢の女の人たちから私も聞きました。私は十歳下だけど、人から人へ直接に経験と思考を聞くチャンスはかなりあったと思います。

考えてみると、『塩』が八二年、『ブルースだってただの唄』が八六年で、ほんの少しの差だけど、その間って結構な転換期だったんじゃないでしょうか。男女雇用機会均等法が施行され、バブル経済が始まり、ＯＬからキャリアウーマン、リブの余韻からフェミニズムへと、概念や言葉が変わった時期でもあります。何かがカーブを切り、その前後ではずいぶん世界が違っている気がします。

それにしても、『塩を食う女たち』『ブルースだってただの唄』の文庫復刊の後も、私が熱心に読んだひと昔、ふた昔前の女性著者の本が続々文庫になっています。どうしてこの本たちが今、読まれるのか？ 逆にどうして、九〇年代から二〇一〇年代後半までは必要じゃなかったの？ 女を取り巻く状況は変わったのか、変わらなかったのか。そのどっちだったかららこれらの本が読まれているんだろう、と思います。あ、また話が飛んだ。

前のお手紙で、翻訳をやろうと思ったきっかけについて質問があったけど、実はそのへんがごちゃごちゃしていてねえ。「やろうと思った」のかどうかもはっきり思い出せないのですよ。追い追い思い出して整理しようと思いますが、一つだけ書いておくと、私が初めて韓国の文学作品を翻訳したのは、偶然にも、くぼたさんが藤本和子さんに初めて会った一九八四年なのよね。

それは『塩』を熱心に読んでいたころでもあります。初めて翻訳したのは詩でした。当時、東京の京橋に韓国書籍の専門店があって、そこに行くと詩の本がすごくいっぱいあって、なけなしのお金をはたいて買いあさり、とにかく読めそうなのを探して訳したのが『新日本文学』に載ったりしました。光州《こうしゅう》事件の三、四年後あたり、韓国ではとても詩が盛んだった時代です。じっくり小説を書きおろすような世の中ではなかったんだと思います。そういえばくぼたさんも最初は、アリス・ウォーカーの『革命的つくばねあさがおとその他の詩』を訳したって、書いてらっしゃいましたね。読みたい！　前からこの刺激的なタイトルが気になっていたから。

どうして、いちばん難しいといわれる詩の翻訳からスタートすることになったのだろうと自分でも思うけど、そのときは散文には全然気持ちが動かなかったな。読むのはともかく辞書を引いて訳すのにはね。くぼたさんが詩から始めようと思ったのはなぜでしょう？　自分も詩を書いているからということと、直線的に結びつくことなのでしょうか。私は自分でもそこがわからない。それほど単純ではないような気がする。

八四年にくぼたさんが藤本和子さんに会われたときの話は、何度でも聞きたいです。何度聞いても面白い。藤本さんが電話してきて、「おうちに行くから」って言ったときのこととか。「塩を食う会」で何度めかの旺盛な打ち合わせ（飲み会）をしたときにくぼたさんから聞いた、「あなたね、翻訳はねえ、コンテキストが命なのよ」っていう藤本さんの言葉を、帰り道でも反芻《はんすう》して、「そうだよ、コンテキストだよ」と思いながら帰ってきたことがありました。クッツェーの『ダスクランズ』（人文書院）について、「あれは、訳者あとがきを書くために訳したようなもんよ（笑）」ってくぼたさんが言ってたのも、そのときでしたよね。そしたらしばらくして、岩波の『図書』（二〇一八年五月号）に、「訳者あとがきってノイズ？」というエッセイが出たんでした。その中に『ダスクランズ』のあとがきを書くための時間を約二か月と見積もっていたと書かれていて、とても納得したんです。『ダスクランズ』は二十三年ぶりの新訳だったから、日本でのこの間のクッツェーの読まれ方も振り返って整理する必要があったわけですよね。それを考えれば当然だし、そうでなくとも二か月という時間に説得力があると思ったんです。

訳者あとがきは一種の謎ときですよね。読めば読むほど謎が出てくるから。でも、物語の層の全部に答えが出るわけではなし、そして、解けた（と思われた）謎の全部を書くべきか？という問題もあるし。その吟味も含めて、「あとがき像」のイメージトレーニングは、できれば校了二か月前ぐらいに始められればベストだなと思ったんです。

そして『ダスクランズ』のあとがき「J・M・クッツェーと終わりなき自問」は二十三ページあって、これだけでスリリングな読み物です。いいあとがきにはそれ自体にコンテキストがある。『マイケル・K』の最初の版（筑摩書房）から、竹内泰宏《たけうちやすひろ》さんと共訳されたマジシ・クネーネの『アフリカ創世の神話　女性に捧げるズールーの讃歌』（人文書院）やベッシー・ヘッドの『優しさと力の物語』（スリーエーネットワーク）から、くぼたさんの訳者あとがきはいつもそうだったよね。細部と全体。カメラを引いて、また寄せて、どちらも疎《おろそ》かにしないこと。私はずっとくぼたさんの訳者あとがきをお手本にしてきました。

訳者あとがきが要らない、または最低限でいい本もたくさんあると思う。さあ、無粋なことは抜きにしてようこそ！ といえる世界が。私も、あとがきを書かなかったこともあります。説明のしすぎが解釈の幅を狭めることはあるだろうし、それもすごくわかります。でもやっぱり、「さあようこそ！」で緞帳《どんちょう》を上げてお役御免にできないことが、海外文学の世界にはたくさんありますよね。特に、欧米以外の国や地域の作品では。

例えば、「ゲティスバーグの戦い」といえば、アメリカの南北戦争の重要な戦いだということぐらいはおぼろげにわかるでしょうし、そこでリンカーンがあの演説をしたんだよなと思い出す人もいるでしょう。はっきり知らなくてもイメージぐらいはね。でも「仁川《インチョン》上陸作戦」とか「一《イル》・四《サ》後退」とか言われても、多くの人は何のことかわからないよねえ（これらは朝鮮戦争関連のことです）。作品の説明以前に歴史の説明をしなくちゃいけないことは多いです。南アフリカ共和国もそうですよね。

そして、常に悩ましいのが訳注です。割注なんか入ってたら読む気をなくすという人もいるし、全部ググればわかるじゃんという人もいて、どちらもわかるんですけど、でもそれじゃやっぱり謎が残ってしまう。謎があってもいいのか？ 謎めいててもいいというのは特権じゃないのか？　一方では、謎が謎とも思われず関心を払われないケースもあるし、と悩みます。

韓国の場合、日本文化と似ていて違うからなおさら悩ましいのかもなあ。これは考えるのに少し時間がかかりそうだなあ。

また、グーグルで調べればわかる程度のことには注を入れなくていいという考え方もあるのよね。それもよくわかります。みんなスマホで調べながら読むし、電子書籍ならキーワードの検索も簡単だし。でも、紙の本は何十年も残るし、そのとき地球上の通信状況がどうなっているかなんて、わからないからなあ。何だかSF的な話になってしまいますが……。

積み残しだらけなのに、もう文字数が尽きちゃった。「話は飛びますが」というタイトルだったらもっと飛んじゃって、戻ってこられないかもしれないから、「曇る眼鏡を拭きながら」にしてよかったよね。こっちのタイトルは、二〇一九年の夏にやった対談のタイトル「今日も眼鏡をふいている」に寄せたもので、確かに年をとるといろんなものがクリアには見えづらくなったり、凝り固まった知識が邪魔することもあったりするから、眼鏡を拭くのはとても大事なことよね。眼鏡を拭きながらでも何をしながらでも、話はどんどん飛んでしまうけど。

でも、本を読むときも私たち、そうしていますよね。読んでいるのは人の物語でも、読みながら思うこと考えることはどんどん飛んで、昔の自分や今の自分に突き刺さる。
次のお手紙も楽しみに待ってます。

二〇二二年一月六日

斎藤真理子

二〇二二年二月

斎藤真理子さま

カラフルなパッチワークのようなお手紙ありがとう。とっても刺激的で楽しくて、くらくらしました。これも大事、あれも面白い、どの話題につなげてお返事を書こうかと迷いました。「?」マークもいくつかあって、そのすべてに答えられないかもしれないけれど、でもやっぱり手紙の最初に書かれていた小学生のころの雪の記憶から始めましょう。「海風にあおられた吹雪」とか「前衛芸術みたいな雪の壁」とか、すごい鮮烈なイメージで、なかでも吹雪の日にお母さんに付き添われて学校へ行こうとしたけれど、というお話がリアルです。

母と一緒に登校しようとしたのですが突風に阻まれ、雪の壁の間で立ち往生し、身の危険を感じて引き返したことが一度だけありました。あの日は欠席扱いになったのか、どうだったのか。ずっと後まで母が「あれは自然の脅威というやつだったわね」と……

ここはとてもスリリングで、読んでいるうちに脳内で映像が勝手に動き出して、それを何度もリピートしてしまいました。

わたしの小学校入学式の日は猛吹雪でした。斜めに吹きつける、いや、叩きつけると言ったほうがいい雪のなかを母といっしょに二キロほど歩いて、学校まで行った記憶があります。着なれない服にオーバーコート、チェックのスカーフを三角に折って頬かぶりして、ランドセルを背負い、母の後ろから前につんのめるようにして歩きました。もちろん手にはミトン。緊張と寒さで身体中ガッチガチになって。体育館で撮影した記念写真を見るたびに「寒かった！」と頭がキーンとなります。幼稚園などのない村の小学校の入学式ですから「一生もん」の思い出です（笑）！　内地の、東京の「桜吹雪にランドセル」姿のピカピカの一年生の写真を見て、ちがうよ〜、これ、と思ったものでした。

新潟の雪はまたちょっと様子が異なるようですね。花びらのような雪、「ヌンソンイ」もとても素敵なひびきです。東京でも三月に降る牡丹《ぼたん》雪はそんな感じかな。手袋の上にふわりと落ちた雪の結晶がくっきりと見えたりする、あれは淡雪ですぐに溶けてしまうけれど。曇り空から舞い降りる雪のひとひら、また、ひとひら。

真理子さんの韓国語の詩集、ぜひ日本語にしてください。「雪片／セッペン」という語を用いずに、となるとやっぱり、むずかしいですか？　でも読んでみたいなあ。ヌンソンイ、ヌンソンイ！

話は飛びますが。そうそう「話は飛びますが」がこの往復書簡の最初のタイトルでした。今回はジャンピングボードのスプリングはバッチリで、思いっきり飛びますよ〜、と言っても、さて、どこへ飛ぼうか、なんて考えてるところが、ぜんぜん飛べてない証拠なんですが。

真理子さんと対談をしたのは、チママンダ・ンゴズィ・アディーチェの『イジェアウェレへ　フェミニスト宣言、15の提案』と文庫『なにかが首のまわりに』（共に河出書房新社）が出た二〇一九年の夏でした。この『イジェアウェレへ』は母親になった女性が娘をどんなふうに育てるといいか、自分ならどんなふうに育てたいか、それを友人宛の書簡形式で書いたマニフェストで、「母と娘」について考えるヒントが満載です。

最近フェミニズムが語られるときに「母になること、母であること」も含めて語られるようになってきたのはすごく嬉しい。待ってました！　と叫びたいくらいです。この部分もまたポジティブに、でも批判的に論じていかないと道は行き止まりになってしまう、とずっと思っていたからです。

八〇年代に子育てをしながら読んだ藤本和子さんの文章のなかで、「自分の母親のようになりたい」というアフリカン・アメリカンの女性たちに何人も出会ったとあるのを読んで、どうしてだろうと不思議でした。当時わたしは、「こういうところは母親のようにはなりたくない」と思ったりしていたからなんですが。黒人女性たちは、母親はきつい人だったけど、と言いながらも「母であること」を肯定的に語る人が多かったと。そこがすごく気になった。その後、奴隷制を生き延びた女性たちには、私たちには見えない何かがある、そう思ったんです。その後、ジャメイカ・キンケイドの「母と娘」の濃厚な物語『母の自伝』（未訳）などを読んで、また違う視点で見るようにもなったんですが。

とにかく、あのころのわたしにとって、いまもそうですが、「フェミニズム」は論じるものではなく、生きることそのものだった。でも、「母としてフェミニズムを生きること」の見透《みとお》しがとても悪いと感じてもいて、『塩を食う女たち』（以下、『塩』）など一連の書籍に、その欠落部分をしっかり支えてもらったような気がします。『塩』に出てくるシングルマザーたちもアディーチェの友人イジェアウェレも「アフリカン」ですが、そこがいまさらながら面白い。母になることで体験した内実については、後でもう少し詳しく書きますね。

さて、下北沢の書店B&Bで開かれたイベントでは「母の娘」はもちろん「母と娘」のこともあまり話題になりませんでしたが、とにかくよくしゃべりましたねえ、あのときは。二時間ほど休憩なしでしゃべり続けたんじゃなかったかな。その少し前の打ち合わせのときも、焼肉ランチから始まって近くのカフェへ流れ、移動中も含めて五時間ノンストップでしゃべった。なんだか激しい化学反応が起きてたような気がします。イベントもまたノンストップで、終了時間が来てもまだしゃべり足りなかった。そこで最後に「真理と希望」のコンビはまだまだ続きます、いずれどこかで、と駄洒落《だじゃれ》みたいに言った記憶があります。この往復書簡がその続きになりましたね。

あのイベントを「今日も眼鏡をふいている」としたいきさつは、真理子さんが前の手紙で書いてくれたので、ここではくり返しませんが、ちょっとことばを添えるなら、眼鏡に付着した汚れを拭き取ってもすぐに曇る、とわたしが気づいたのは年齢のせいではないみたいです。むしろようやく最近、曇っていることにすぐに気づくようになった、ということかもしれないと思うんです。

振り返ってみると、若いころは「一寸先は闇」みたいな視界の悪さで生きていたし、三十代までは視界の曇りに十分気づけなかったなあと。それでも生き物としての勢いだけはあるから、勇気をかき集めてやみくもに前へ進む。あっちこっちに穴は空いてるし、次々と壁は立ちはだかるし、透明なガラスのドアにぶつかって鼻血は出るし、と散々痛い思いをして学習してやっと、こっちは危ないかも、と立ち止まって眼鏡の曇りを払い、前へ進めるようになったようです。いや、これ、ホントかな？　過去の愚行に対する言い訳をひねり出してるんじゃないの？　と自分にツッコミを入れる大きな声が聞こえてきますが……。

でも、視界が悪いとすごく不安で、気持ちがウロウロする。人混みのなかで呆然《ぼうぜん》と立ちすくんでいる自分が見える。そのウロウロ感から一瞬逃れるために、手当たり次第に本を読んで、手当たり次第に音楽を聴いて、あ、これだ、とか思いながらいろんな作品や作家を「発見」して、もういいやというまでとことん読んで聴いて、なんとか歩いてきたのかもしれません。でもこの「やみくも人生」にもそれなりにいいところはあって、石橋を叩いて慎重になりすぎると、橋を壊してしまうこともあるので、まあ、若いころの「やみくも」はそんなに悪くはないかと、「やみくも」と「なりゆき」で生きてきた自分をやっぱり言い訳している……（笑）。

振り返ってみると、わたしの場合、J・M・クッツェーという作家の作品を三十年あまり訳してきて、とても視界は良くなったようです。彼の明晰《めいせき》な文章を日本語に移し替えるには、自分が使う日本語の明晰さもとことん追求しなければなりません。最初は気づかないまま無邪気に訳してしまったけれど、その乗りじゃやばいぜ、ということがずしん、じわじわっとわかってきて、ハマりました。

なぜ、こんなにクッツェー作品に惹かれるのか、訳せば訳すほど問いは深まるのに、その向こうにあるものが気になって、放っておけない。目の前に立ち塞がる名づけえぬものに名前をつけるまで、そういうことだったのかと言語化できるまで続けたら、今日になった。それがクッツェーを翻訳する作業だったのだ、とようやく言えるようになりました。その道行を「オタク本」として一冊にまとめるまでにずいぶん時間がかかってしまったけれど、多分、見透しのいい視界が欲しいという気持ちが、――クッツェー作品ではlucidであることがとても重要なんです――わたしを持続的にクッツェー作品の翻訳へ向かわせたんだと思います。

真理子さんは韓国語の作品を日本語に移し替える仕事をしてますね。びっくりするのはその翻訳量のすごさです。パラパラと、シコシコと訳してきた者から見ると、あまりの勢いに目が眩《くら》みます。どうしてそんなにたくさん次々と、それも密度の濃い、多様な作品を翻訳できるのでしょう？　秘密の工場でもあるのかな、とマジで考えてしまいます。ここ数か月だけ見ても、クォン・ヨソンの『まだまだという言葉』（河出書房新社）とチョン・セランの『シソンから、』（亜紀書房）、そしてファン・ジョンウンの『年年歳歳』（河出書房新社）も出る。

でも、わたしのようなスローな仕事ぶりの人間は少数派なのかもしれません。興味がまず先にあって、それからぼちぼち独学で無手勝流《むてかつりゅう》に英語などを学びなおして、おずおずと作業を始め、倒《こ》けつ転《まろ》びつ、でも諦めずにやってきました。とても生業《なりわい》にはなり得ない。

初めてジョン・クッツェーと会ったとき、あれは二〇〇六年の初秋でしたが、わたしが訳してきた本のリストを見た彼が「どうやって食べているのですか？」と質問するほどの低空飛行。じつはかの大作家も若いころ翻訳家になろうと思ったことがあったらしいんです――オランダ語から英語への翻訳で。でも、それじゃとても食べていけないと知って、大学教師になったんだったかな。彼の作品と翻訳は切っても切れない関係にある。

翻訳者がどうやって食べていくかは切実な、いや、切実すぎる問題です。われながら不思議なんですが、そもそも、自分の好きな作家や作品を訳すばかりの翻訳で食べていくなんて、摩天楼のビルとビルの綱渡りみたいに危うい賭けだったかもしれない、賭けだとさえ思っていなかったといまごろになって気づきました。いまさら気づいても遅いんですが、これはもう「やみくも精神」と、それしかできない不器用さの結果だと笑うしかありません。でも、翻訳を志した八〇年代後半は日本経済が紛れもないバブル時代で、海外翻訳作品の初版部数がいまよりはるかに多かったことは「やみくも」翻訳者には幸いしました。それは書いておこうと思います。

英語で書かれた作品を英語で読むことができる人が多い時代になりました。韓国語で書かれた作品も最近はそうでしょうか。でも、他言語から日本語へ翻訳して出版することは、世界の言語のなかで日本語が衰退しないための必要不可欠な作業です。遠い昔から、日本語以外の言語で書かれたものを日本語に移し替える作業が、いまから考えると気の遠くなるほど時間も労力もかかる作業が、日本語をどれほど豊かにしてきたか。世界各地で起きているさまざまな出来事について、そこで生きている人たちについて、「日本語で読み」「日本語で考え」「日本語で語る」ことができる、それは翻訳という作業のおかげです。日本語が現在こうしてさまざまな概念を漢字交じりの二種類のカナという独特な文字使いで表記できるのも、先人たちが苦労を重ねて翻訳したおかげです。その翻訳によって豊かになった日本語のなかにわたしは生み落とされ、育ち、学び、励まされ、ささやかながらそれを仕事にして生きてきました。ここまで続けられたのは、とてもラッキーだったと思います。

さて、話は少し前へ戻りますが、真理子さんが『塩を食う女たち』を最初に読んだときはまだ「親ではなかったし、親になることはあまりに遠かった」とあって、『塩』を読んだときの二人の年齢と状況の違いをあらためて考えました。「私にとっていちばん怖いのは多分子供だった」というところでは、ああ、わたしにも確かにそういう時代はあったとも思いました。心が立ち止まって、人とコミットするのが怖いという感情に襲われたときだったからでしょう。その典型が子供と対したときではなかったかと思います。

でも真理子さんが書いていたように、「子供を産んで以来、お化けだの幽霊だのも怖くなった」のは、わたしもおなじ。でもそれはおそらく「怖い」なんて言っていられないという状況に追い込まれたからじゃないかとも思う。小さな子供を育てている最中にありありと自覚したのは、自分のなかの小さな子供を捨てることだった。自分が子供でいては目の前の小さな人が必要としているものを準備できない、その事実を思いっきり突きつけられました。それに気づいたときはなかなかの衝撃で、これは啓示的でもあった。「母」にかぎらず「父」だってそうかもしれないし、そうあって欲しいと思います。そこまでコミットする男性はまだ少数派かもしれないけれど。つまり「親」としてケアする立場に真剣に立とうとするなら、自分の幼児性は封印しなければいけないのです。まあ、高齢になって体力、気力が目減りすると、封印されていたその幼児性が突然、顔を出したりするんですけどね。それはまた別の話。

もうひとつ気づいたのは、これまで言ってきたことと矛盾するようですが、子供を育てることは自分の子供時代を生き直すことでもある、ということでした。大人になることと幼児的な感情について、「自分は誰の妻にもならないし、誰の母にもならない」と明言して作品を書いてきた一九五四年生まれのチカーナ（メキシコ系アメリカ人）作家、サンドラ・シスネロスが面白い話を書いています。「十一歳」という短篇です。レイチェルという女の子が十一歳の誕生日の朝、目が覚めて、さあ、何か特別な感じがするかな、と思っても、全然変わってなくて、まだ昨日までの十歳のまんまで、それって自分はゼロ歳から十一歳までの、どの年齢でもあるんだってことかもしれない、と書いているんですね。それはこんなふうに続きます。

たとえばある日、なんかバカなことをいってしまったら、それってじぶんのなかのまだ十歳の部分。それから、もしもこわくなってママのひざに抱っこしてもらいたくなったら、それってじぶんのなかの五歳の部分。そのうちいつかすっかり大人になって、それでも三歳のときみたいに泣きたくなることだってあるかもしれないけど、でも、それはかまわないのよ。ママが悲しくなって泣きたくなったら、あたし、ママにそういってあげよう。たぶんママは三歳になったみたいに感じてるはずだから。

「十一歳」は『マンゴー通り、ときどきさよなら』と同時に訳した『サンアントニオの青い月』（共に晶文社、のちに白水uブックス）の最初の方に出てくる短篇ですが、この二冊を訳したのはわたしが四十五、六歳のときでした。三人の子供たちは十代半ばから後半、毎日が丁々発止とやりあう子育て動乱時代で、『マンゴー通り』の主人公エスペランサの声の延長と読めるレイチェルの物語を読んだときも、大きな解放感を覚えました。それまで自分のなかに封印してきた「少女」が、場合によってはちょいと顔を出したって構わないんだ、自分のなかの小さな自分は生かしておいてもいいのだ、と言われた気がしたからです。あれは翻訳することによってメタフィジカルに「飛ぶこと」だったのかな、といまは思います。

わたしの母は生きていたら百歳をゆうに超える年齢ですが、武家の出身だった祖父の気質を受け継いだダディズガールで、その母から、泣いてはいけないと言われてわたしは育った。思えば、シスネロスを訳していて、「涙はこらえるもの」という無意識の抑圧からの解放があったのかもしれません。三十数年間、母と娘たちにバッチリ挟まれて、娘になったり母になったり忙しく変身をくり返してきましたが、いまはレイチェルみたいに「泣いてもかまわないんだよ」って「幼いころの母」に言ってあげたいと思います。正真正銘のないものねだりなんですが。

でも「子供時代」っていつから語られるようになったのでしょう？　それほど昔ではなかったはずですよね。藤本和子さんが、アフリカン・アメリカンの女性たちは子供時代を十分に持てないまま大人にならざるをえなかった人たち、と言っていたんじゃなかったかな。子育てしながら、そこにもハッとした記憶があります。

話は思い切り飛びますが、そう、「訳者あとがき」は大きな問題です。実はね、ここだけの話（笑）、作品とじかに向き合えばいいんだから、そんなもん要らんわい！　とわたしも思っていたことがあるんです。藤本さんに、翻訳はコンテキストが命と言われてドキッとするまでは……。彼女の言うコンテキストの意味をよく考えると、眼鏡の縁に吹き溜まっている汚れが汚れとしてじわっと見えてきた。以来、翻訳する作品の背景に目を凝らし、そこに見えるものをできるだけ曇りなく見透せるように「あとがき」を書いてきたつもりです。そうやって「深掘り翻訳者の根ほり葉ほり」スタイルができあがったのかもしれません。

わたしが多く手がけてきたアフリカ系、アフリカ発の文学作品の背後にあるものは、あとがきなしでは細部が見えない、そんな時代が長かったんです。読者として、見えた！　と思っても何世紀にもわたって欧米中心に文化を輸入して作られてきた世界観の枠内だったりした。これをチママンダ・ンゴズィ・アディーチェは「シングルストーリーの危険性」と呼んだわけですが、そんなステレオタイプの色眼鏡の曇りを拭き取ることがどれほど大切か、そして難しいか。これは小説や詩にかぎらず、アフリカについて伝えられ、蓄積されてきた多くの情報に言えることです。アフリカの飢餓を救おうと、かわいそうな人たちに古い毛布を贈るキャンペーンとか。東アフリカのサヴァンナを背景にしたヘミングウェイとサファリの美しい映像とか。カプシチンスキの「真のアフリカ」とか。

二〇二一年はノーベル文学賞をザンジバル出身のアラブ系イギリス人作家アブドゥルラザク・グルナが受賞しました。日本のメディアでは「タンザニア（出身）の作家」と紹介されたけれど、ノーベル財団の授賞発表では「ザンジバルに生まれてイングランドで活躍している」と説明されただけで、タンザニアという固有名詞は聞こえなかった。そのことの意味を考えます。わかりやすさで細部を潰さないことの重要性を考えます。この年はゴンクール賞をセネガル生まれの若い男性作家が、ブッカー賞を南アフリカの男性作家が、カモンイス賞をモザンビークの女性作家が受賞するなど、名だたる文学賞をアフリカ勢が総なめにしました。これは世界の動きとどう関係しているのか考えたいと思います。ああ、もうスペースがありません。この続きは次の手紙でまた！

次々と変身しながらコロナウィルスが世界中で猛威をふるいはじめて、ついに三年目に突入しました。どうぞ元気でいてくださいね。

二〇二二年二月一日

くぼたのぞみ

二〇二二年三月

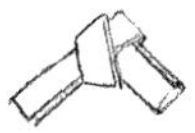

深掘り根ほり葉ほりが冴えてるくぼたのぞみさま

『J・M・クッツェーと真実』（白水社）の読売文学賞（研究・翻訳賞）受賞のニュースが入ってきたのは、先回の手紙を書き終えた直後でした。残念、もうちょっと早くわかっていればそのことも書けたのに！　遅れてしまいましたが、改めて、おめでとうございます。『J・M・クッツェーと真実』は全編がスリリングだったけど、特に「エピローグ――なぜJ・M・クッツェーを訳してきたか」が圧巻でした。

世界に冠たる勢いだった十七世紀半ばのオランダからケープタウンへと向かったクッツェーの祖先たちの足どりが、長崎の出島《でじま》にも、そして五稜郭《ごりょうかく》にもつながっていたというのも驚きでした。「北の旧国内植民地の入植者の末裔《まつえい》にとっては、アフリカの被抑圧者側に「共感」するだけでことが済むとは思えなかったのだ」。明快だなー。これが、くぼたのぞみという翻訳者とクッツェーの関係を貫くコンテキストなんですね。クッツェーの作中に登場する家族がどことなく自分の家族を思わせ、「ケープタウンから取り寄せた『少年時代』の内部から「これはあなたの仕事です」という声が聞こえてきた」というのもすごかった。

東洋人であるわたしとは「人種」もジェンダーもほぼ真逆に位置するクッツェーの作品には、幾冊か訳したアフリカ系女性作家の作品に心を寄せるだけでは透視できない視点があるのだ。彼女たちの作品を読んでいても自分が「和人」であることの内実は見えない。

ここがエピローグの肝ですね。この勢いだと全文書き写してしまいそうなのでもうやめますが、のぞみさんが前の手紙で書いてくれた、「J・M・クッツェーという作家の作品を三十年あまり訳してきて、とても視界は良くなったようです」ということの中身がよくわかります。

だから今日はまず、視界、見晴らし、の話をしましょうか。視界と見晴らしはちょっと違うのかもしれないけど、私は「見晴らし」という言葉を使いますね。

のぞみさんの、「視界が悪いとすごく不安で、気持ちがウロウロする。人混みのなかで呆然と立ちすくんでいる自分が見える」という言葉を読んで、三十代で韓国に語学留学したとき、ほんとにそうだったなと思い出しました。

それは一九九一年のことで、韓国は民主化から四年めで、人々のエネルギーが四方八方に発散され、人はみんな走り回るようにして生きているみたいでした。どこへ行っても人の声がわんわん鳴り響き、見えるものすべてが干渉波を起こしていて、何を見聞きしても、その遠近感や優先順位がわからない。でも、少しずつ動いて、ぶつかったところの手触りをきっかけにして考えていくうちに、少しずつ見えてくるものがあったようです。手探りというのは無駄なプロセスではなく、重要な仕事なんだと思います、子供にとっての遊びがそうであるように。その前段階として、「人混みのなかで呆然と立ちすくく」むことも必要なんだと思う。

でも、人混みの中で呆然と立ちすくませてくれないんですよね、SNS社会って。何週間か、そのことについて考えてました。

よい見晴らしを手に入れるまでの時間って、ショートカットできないものですよね。でもいったん世界に大変化が起きると、みんなが否応なく、すぐに手に入る見晴らしを求める。もちろん私もそうで、ウクライナ侵攻が始まってしばらくはずっとSNSに釘付けになってました。「開戦」という言葉は予想以上に破壊力が強いみたい。今までにもロシアの軍事介入はずっと存在してきたことは重々わかっていても、そうなんですね。疫病と戦争。次に来るのは何でしょう。今起きていることの背景が、一年後にどの程度わかっているでしょうか。

あのときまず思ったのは「朝鮮戦争の開戦のときみたいだ」ということでした。これからの戦争はドローン戦争とかサイバー戦争とか言われていたのに、やっぱり生身の人間が戦車で攻撃してきて、生身の人間が避難していくんだから。

私、最近、仕事の関係で朝鮮戦争の本ばっかり読んでいたんですよ。特に二月の下旬は『ソウルの人民軍』（金聖七《キムソンチル》著、李男徳《イナムドク》・舘野晳《たてのあきら》訳、社会評論社）という貴重なドキュメントを読み返していました。朝鮮戦争の開戦当時にソウル大学の歴史学科の助教授だった筆者が書き留めた日記です。

一九五〇年六月二十五日の未明に、北朝鮮軍は三八度線を越えて韓国側に侵入します。そして三日後にソウルが陥落するのですが、その際に避難した（できた）人たちと、しなかった（できなかった）人たちの間に、その後わだかまりができてしまうんです。避難した人たちは「渡江派」、残った人たちは「残留派」と呼ばれます。「渡江」というのは、漢江《ハンガン》を渡ってソウルから南下したという意味なんです。韓国は当時もその後も頑強な反共国家でしたから、北が占領しに来るのにソウルにとどまるのは、裏切り者か、その予備軍ということになってしまうわけ。実際には、すぐに政府発表があったわけでもないし、これが決定的な戦争になるかどうかもわからず、何より、韓国軍が漢江にかかった橋を自分から爆破して渡れないようにしたのに。「人道回廊」と避難のニュースで、そのことを思い出しました。『ソウルの人民軍』の著者はソウルに残った残留派で、「これが、魔の三八度線でしばしば繰り返される衝突のひとつなのか、（中略）大規模な侵攻なのか知るすべはない」と考え、狭いソウルから逃げ出したところで逃げきれるわけでもないと思って残留を決めたんです。

北が侵攻してきた日は日曜日で、政府発表もなく、まだ噂《うわさ》の段階。金助教授も畑仕事なんかしています。でも夜からは「遠くで雷のような音がドシンドシンと」響き、明けて二十六日には様子が一変していて、大学へ行こうとするとバスが来ません。昨日の戦闘開始でバスが徴発されたらしいのです。この日には「傀儡《かいらい》軍に対する誹謗《ひぼう》と中傷で埋まった」号外が二回出て、大学から家に戻るときにはもう軍用車が大通りを「疾風のように」駆け抜け、小学生たちが沿道に並ばされて「痛々しく拍手をして」います。そのときの気持ちはこのように書かれています。

「戦争はきっと広がるだろうな」「五年間民族を脅かした同族の殺しあいが、ついにやって来たのだな」と思った瞬間、急にくらくらして目の前が真っ暗になった。少しめまいを覚えたようだった。

次の二十七日になると、政府がソウルから移転したというラジオ発表があり、大砲の音も止みません。ソウルに残ることにした金助教授は妻と子供たちを義兄の家に送り、食料や衣類、布団などを「いくらか土の中に隠し」たり、北朝鮮軍に占領されたときの用心のために大韓民国の国債などを燃やしたり、溜まっていたつけをお店に払ったり、籠城《ろうじょう》のために食料を買ったりと忙しく動き回りますが、そのときにはもう、前方の山に大砲が据えられて砲弾が放たれており、そんな中を大勢の人が子供たちを背負い、荷物を持って避難していくんです。ナイーブな感想だけど、戦争が始まるときに一人ひとりが何をしたかという詳細な記録を読んでから今の状況を見ると、朝鮮戦争から七十年以上も経っているのにまだ……という無力感がまず襲ってきたな。

でも、その無力感の内訳がわかりません。古すぎてまさかと思うようなことと、新しすぎて馴染みのないことが混ざり合っていて手のつけようがありません。情報が溢れつづけ、戦う女性兵士の画像がふんだんに出はじめたころ、だめだ、いま速報性を優先しても知識のない自分には悪影響があるだけだと思って、ＳＮＳを最小限に絞りました。

少し静かになったところで、そうだ、ワシーリー・グロスマンを読もうと思ったんです。この前のお手紙にのぞみさんが、「ウロウロ感から一瞬逃れるために、手当たり次第に本を読んで、手当たり次第に音楽を聴いて（中略）なんとか歩いてきたのかもしれません」って書いてらしたけど、それに近かったかもしれない。

何でグロスマンかというと、うちにあるウクライナ関連の本がそれぐらいだったからなんですが、グロスマン好きなんです。ウクライナ生まれのユダヤ人作家で、一九三〇年代のウクライナの大飢饉《ききん》にも触れたものすごい作品『万物は流転する』（齋藤紘一《さいとうこういち》訳、みすず書房）を書いていますよね。

で、ここからちょっとごちゃごちゃするんだけど、グロスマンの本って全部厚いから、持ち出すのが億劫《おっくう》だったので、確か読みながらとったメモがあるはずだと思って、抜き書き用のノートを探しました。そういうノートがあるんですよ。

そしたら確かに、グロスマンの『万物は流転する』と『人生と運命』（みすず書房）から、たくさん抜き書きがしてありました。それだけでなく、クッツェーの『サマータイム、青年時代、少年時代――辺境からの三つの〈自伝〉』（インスクリプト）からもA4で三ページぐらい抜き書きしてあったんです。そんなことはすっかり忘れていたから、びっくりしてしまった。書き写した日付も書いてあって、二〇一五年の九月でした。

二〇一五年五月十七日に紀伊國屋書店新宿南店で、岩波文庫版の『マイケル・K』刊行記念のイベントがあって、のぞみさんと都甲幸治《とこうこうじ》さんがトークイベントをやったでしょ。私、そこに行ってご挨拶したんですけど、覚えてますか？『サマータイム～』はそのときに買ったものなんですよ。でも何を書き写したかは全く記憶になかったから、自分の筆写ノートが新鮮でした。特に、『青年時代』の終わりの方の「一八二〇年代のことを書くためには自力で学ばなければならないだろう。やり遂げるには、いまの知識を幾分手放す必要があるだろうし、ものを忘れる必要があるだろう」という箇所を抜き書きして、さらに「ものを忘れる必要があるだろう」に赤鉛筆で線を引いてあるんですが、なぜ線まで引いたのかが全然思い出せなくてねえ。

でも考えてみたら、そもそもこの書き写しのノートを作ったのが二〇一四年の末で、二〇一四年から一五年は、私がいちばんしんどかった時期なんです。偶然ですが、翻訳をやりはじめた時期でもあるのね。

古い友達から今でも、「あのころは本当にひどかったね」と言われますが、だったと思う。それまでにたまっていた疲れに、子供の就活と親の介護が重なってキャパオーバーになったんだよね。このころ精神科を受診して薬を飲むようになり、幸い、主治医と相性がよかったこともあって好転したんですが、「そんな大変なときにこんなことやってたのか」とも思ったし、「大変だったからこんなことしたんだな」とも思った。グロスマンやクッツェーを書き写したのは、その境目で、見晴らしが欲しくてやったことじゃなかったのかな。自分に引きつけすぎないよう、ちょっとカメラを「引く」必要があったというか。そういうのも七年経ってやっとわかった。

そして、話はまた現在に戻ります。

二〇二二年の三月、このノートを発掘してみて、「ああ、クッツェーなら『鉄の時代』を読み直そう」と思ったの。歯を当てたら跳ね返されそうな、固いもの、硬度のあるものが欲しいと思って。

それで読み返してみて、またびっくりすることになったんですよ。だって、まるでこの手紙を書くために『鉄の時代』(河出書房新社)をわざわざ選んだみたいだったから。というのは、読み返してみたら『鉄の時代』って思いっきり母と娘の話で、前の便でのぞみさんが書いてくれた二つのテーマ「母と娘」と「子供時代」の両方に、がっちり嚙み合ってたから。『鉄の時代』は、ガンが再発した南アフリカ在住の七十歳の白人女性ミセス・カレンが、アメリカに住んでいて、二度と南アフリカには戻らないと決めている娘にあてて書いた遺書という形式だもんね。のっけから「わたしたちが子どもを産むのは、子どもから母親のように世話をしてもらうためなの」という強烈フレーズが出てきて、これを全く覚えていない自分にもまた驚いちゃった。

もちろんミセス・カレンは、娘本人にそんなことは絶対言いません。この小説そのものが、母が娘にSOSを出さずにすますために書いている手紙だし、SOSを出してはいけない理由は、「それは人が子どもに要求すべきことじゃないから」だ、と本人が説明していますね。そしてこの小説は、「このことばのロープから、あなたを解放することになるのも、もうすぐね」と母親が娘に告げて、肉親ではない人、しかも「過去に子ども時代をもったこともないような」浮浪者のファーカイルに、自分を投げかけて、終わるわけだけど。

クッツェーがこれを書いたのは一九八六年から八九年のことで、そのことについてのぞみさんが解説で「アパルトヘイト体制が断末魔の苦しみにあえいでいた時期だった——というのは、いまからふりかえってみたときにいえることで」と書いているのが、とても大事だと思った。いまからふりかえればそうだけれど、当時は「内部で暮らしていた人には終わりの見えない悪夢のように感じられたという」、ここですね。ものごとはいつも遅れてしかわからなくて、全体像（といわれるもの／と見えるもの）が手に入るのはずっと先。

のぞみさんが「クッツェー作品ではlucidであることがとても重要なんです」と書いてらしたけど、クッツェーの見晴らしの良さって、ちょっと怖いようなところもありませんか？

知的な元ラテン語教師のミセス・カレンが心の中で叫ぶ「わたしだって燃えているのよ!」とか、「わたしはあなたがたのように血を流すことがないとでも?」とかいった、いい意味での精緻な計算の上でクッツェーがくり出してくる正直さの表明、そして「でも、他人のことばで彼らを公然と非難することは、わたしにはできません」とか「時代はヒロイズムを要求している」といった、まさに二〇二二年の状況に正面から食い込む独白には、何か乱暴なまでの切迫した衝動を感じます。なのに表面はとても冷静に見える。不思議な作家だと、改めて思いました。

そして、母娘を描くということについてもね。近現代文学ってやっぱり、息子から見た母親の物語の方が圧倒していたわけでしょ。娘から見た母親の物語は後から、激しく始まったと思う。日本の出版界でも、二〇〇〇年代以降なのかなあ、母による娘への支配、歪《ゆが》んだ関係からの娘のサバイバルを描くものがずっと隆盛じゃないですか。

それらに比べると、母から見た娘、母が娘に寄せる感情を描いたものって、グッと少ないんじゃないのかなあと思ったのね。しかもそれを男性が書いたとあっては、クッツェーは本当に出色だなと。それはやっぱり、クッツェーが移動と自己検証をくり返してきたことと関係があるのでしょうか。あ、それと、母から娘への感情をしっかり書いたものとしては、キム・ヘジンという作家の、ずばりそのもののタイトルで『娘について』(古川綾子《ふるかわあやこ》訳、亜紀書房）というのがあるのよ。これは、女性の恋人と一緒に実家に戻ってきた娘について、母親が葛藤して、考えに考え抜いたことを語るという、真っ向勝負のすごいやつなの。読んでなかったらぜひ読んでください。

検証ということでいうと、今、母親になること、母親であることは、多重にジャッジされますよね。まず世間一般の良い母の枠に収まるかどうか、一方ではフェミニズムから見てどうか。橋迫瑞穂《はしさこみずほ》さんが『妊娠・出産をめぐるスピリチュアリティ』（集英社新書）で書いているように、お産のときのさまざまな選択からも値踏みされてしまうし。勢い、母親たちには自己検閲がつきまといます。この、外からの検閲と自己検閲の間の宙吊り状態を言語化することが、子供を産む・育てることを「込み」にしたフェミニズムにはぜひ必要だと思うんだけどね。さらに、母親の自分語りには子供の語りが含まれないことも「込み」にして。

「「子供時代」っていつから語られるようになったのでしょう？」という問いかけについても、書きましょうか。私の印象では子供時代って、日本の近現代文学の、教科書に出てきそうなものに頻出する感じ。『銀の匙《さじ》』とか『梨の花』とか『あすなろ物語』とか『路傍の石』とか『トロッコ』とか『清兵衛《せいべえ》と瓢簞《ひょうたん》』……子供時代イコール少年時代だよね。デリケートで成績の良い男の子が大小のショックを経て、震える魂（おちょくってないです）を抱えて成長していく、みたいなイメージ。

でも、クッツェーが書く子供時代は、自伝的なものでもそうでないものでも違うね。『少年時代』に、母親と自転車のエピソードがあるでしょ。ふだんは母の味方をする息子が父の側について、自転車に乗る母を笑い、母は自転車を諦めますよね。そのとき「いつかきっとこの埋め合わせをしよう、と彼は心に誓う」っていう描写があるでしょ。これはクッツェーが大人になってからの振り返りの成果なのでしょうけど、こういうのが響くんだな。確信に満ちたことが言えず、親としての自信がなく、自己検閲に明け暮れる私が励まされます。そうだな、検閲でなく、検証して、埋め合わせたいよ、その機会を作りたいよと思う。そのために、自分がきちんと存在する視界が要るんだよと思った。


最後に、『J・M・クッツェーと真実』に現れていた、のぞみさんとクッツェーの位置関係と対比して、自分のことを書きます。

小学校高学年ぐらいのころ、口に出して言えない言葉が二つあったんです。一つは「結婚する」というもので、もう一つが「朝鮮」でした。これはもう、どういう潜在意識の結果なのか、本当に不思議で、本当に見当がつかないのよ。でもこの二つの言葉がどうしても嫌で、人前で言わなくてはいけないときは、「結婚する」は「結婚式を挙げる」に、「朝鮮」は「韓国」に言い換えてました。

「結婚」は言えたのに、「結婚する」が言えなかったんだよ。たぶん性的なニュアンスを感じたのでは？　と思うけど、はっきりわかりません。「朝鮮」が言えなかったのは、「鮮」という音が「賤」に通じるからという、よくいわれる理由と関係あるだろうとおぼろげに感じます。だけど、ほんとのところはやっぱりわからない。子供って、空気中に浮かんでいる差別偏見の分子、ときには沈黙の意味まで吸い取ることがあるでしょ。「朝鮮」から「韓国」への言い換えは、何らかの形で私を取り巻く日本社会を反映していたんだと思う。だからずっと後になって、「朝鮮」は「鮮やかな朝ということだから」とある人に言われて、すごく晴れ晴れしたんですよね。それ以後は徐々に「ちょうせん」という音にもすがすがしさを覚えるようになって、そのうち、わだかまりなく「朝鮮語を勉強しています」と言うようになりました（それとは別に今も、「朝鮮」と「韓国」という言葉の使い方については悩ましいことが多く、何か釈然としない思いを持ちながら、「在日コリアン」という言葉を選んだりもしていますが……）。

とにかく結果として、私は結婚が苦手で、しないままで来てしまったし、朝鮮語は二十歳で始めて、今は仕事にしています。だからこの二つの言葉は、私の人生にとってとても重要な意味を持つことになったわけです。でもこの因果関係には少しも lucid さがなくて、輪郭がひどくぼやけています。私がいっぱい仕事をしているのは、その輪郭の一部でもいいから明らかにしたくてなのかもしれません。ときどき、あるんだけどね、何かそれに近づけそうな手触りが。

仕事量が多いねって言われますが、確かに多いんです。私は仕事として翻訳を始めたのが遅い上、早めに認知症になりそうな気がするんで、頑張っています。要は、今は集中できる環境だから、集中しています、ということなんですよね。多少の説明を加えるなら、今、私は、担っているケア労働の量がこれまでで最小限の状態にあるんです。だから仕事ができるんです。それはつまり、今後、環境によっていくらでも変化するという意味でもありますから、「今はできる時期だから頑張っています」ということに尽きますね。

ところで、唐突だけどね、今回から、「くぼたさん」じゃなくて「のぞみさん」と呼ぶことにしました。これもウクライナ情勢で精神が参ってることと関係があるのかもしれませんが……この往復書簡が始まったころ、「オイラはね、「のぞみ」さんって言われる方が嬉しいのだよ」ってメールに書いてくれてたけど（のぞみさんは一人称に「オイラ」が出る頻度が高いよね）、私としては実際に会ったときも「くぼたさん」って呼んでるから、「くぼたさん」でいいと思ってたんです。でも「のぞみさーん」って言いたくなった。何といってもエスペランサだし。

のぞみさんに実際に会ったら話したいことを書きました。日々を過ごし、送ることがしんどい毎日が続きますが、お元気で！

結局今回、ワシーリー・グロスマンの作品には触れてなくて、何ともめちゃくちゃな道行で、これじゃまた返事が書きにくいよなあと思うけど、ごめんなさい。それにしても、『青年時代』の「ものを忘れる必要があるだろう」に線を引いた理由は、もう一度全部読まないとわからないだろうな。

斎藤真理子

二〇二二年三月五日

二〇二二年四月

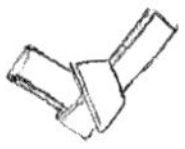

手触りを大事にする斎藤真理子さま

お手紙ありがとう。今回もまたいろいろ刺激に満ちた内容でした。それを読んで、自分がどれほど日本の近現代史をきちんと学んでいないかを痛感しました。とりわけ「朝鮮戦争」が始まった年が自分の生まれた年だったことは頭に入っていなかった。これはちょっと恥ずかしい。

八〇年代に八巻美恵さんたちが発行していた『水牛通信』に、ロバート・リケットさんという人が外国人登録制度と指紋押捺《おうなつ》拒否問題をめぐる裁判について書いていました（電子版『水牛通信』でいまも読めます）。この国がやった半島と大陸への領土拡大と支配の歴史や、敗戦後に右往左往しながら一方的に決めた在日の人たちへの処遇について学んだのはそのころで、「猪飼野《いかいの》」とか、悪名高い「大村収容所」という固有名詞を知ったのもこの時期でした。とにかく学校でやる近現代史はせいぜい日清、日露戦争くらいまで、それ以降は時間切れで細かく触れない、それが六〇年代半ばころ高校で教えられた「日本史」でした。東京に出て手当たり次第に本を読んだけど、全体像が見えるようになるには時間がかかったなあと思います。

いただいたお手紙にJ・M・クッツェーの名前が何度か出てきましたね。ウクライナで戦争が始まったとき、真理子さんがガッツリしたものを読もうと手に取った『鉄の時代』のことも。ワシーリー・グロスマンの長編の読書記録を調べていてクッツェーの『青年時代』(日本語訳は『サマータイム、青年時代、少年時代』に収録)からの抜き書きを見つけたところには驚きました。もしもこれ、面と向かってお茶を飲みながら話していたら、わたしのほうが、わーっとしゃべりだしてしまったかもしれません。お手紙、読んで興奮しましたもん（笑）。とにかく、ガッツリ作品を読んでくださってありがとう。『鉄の時代』は事実上の内戦状態にあった八〇年代後半の南アフリカを舞台にした作品ですが、「母と娘」や「母と息子」について考える上でもとても、とても面白いと思います。

その話になる前に、まず『J・M・クッツェーと真実』の読売文学賞受賞へのお祝いのことばをありがとうございました。それが「研究・翻訳賞」だと知ったときはびっくりしました。この部門の受賞者は、前年まで圧倒的に男性が多く、圧倒的にアカデミックの人たちでしたから。一介の市井《しせい》の翻訳者が、好きでコツコツ訳してきた作品と作家について書いた本で受賞したことが、若い翻訳者たちの励みになればこんなに嬉しいことはありません。

真理子さんが、二〇一五年に『マイケル・K』が岩波文庫に入ったときのイベントに来てくれたことは、もちろん、よく覚えていますよ。だって初めてお話したのはあのときだったんですから。その年の四月に第一回日本翻訳大賞授賞式が新宿南口の紀伊國屋サザンシアターで開かれましたね。受賞作はパトリク・オウジェドニークの『エウロペアナ　二〇世紀史概説』阿部賢一《あべけんいち》、篠原琢《しのはらたく》訳（白水社）とパク・ミンギュの『カステラ』ヒョン・ジェフン、斎藤真理子訳（クレイン）、いずれも二人の翻訳者の共訳で、前方ステージ下にならぶ（どうしてステージの上じゃなかったんだろ?）四人の訳者のなかに一人だけ女性がいるな、と思いながら客席から見ていたんです。ロングヘアのすらりとした女性が、ウェストをキュッとしぼった濃いブルーのワンピースを着て、しきりと遠慮がちに話をする、あのシーンは強く印象に残っています。

翌月、おなじ建物のなかの紀伊國屋書店新宿南店の六階で開かれたイベントで、都甲幸治さんに聞き役になってもらって、クッツェーについてさんざんおしゃべりしました。イベントが終わるとそこに、ロングヘアを揺らしながら真理子さんが立っていて、あれは嬉しかったな。本格的に翻訳を始めたのはあのころだったんですね。それがなかなかキツい時期と重なっていたことを、前回のお手紙で知りました。でも「塩食い女たちの会」でわいわいやるようになった経緯は、細かなことがまったく思い出せない。どうしてだろう？　記憶はすっかり霧の彼方に消えてしまうのですよ。

真理子さんの驚くべき「抜き書き用のノート」の話は、もう、とにかくすごい！　宝物のようなノートですね。『青年時代』から「一八二〇年代のことを書くためには自力で学ばなければならないだろう。やり遂げるには、いまの知識を幾分手放す必要があるだろうし、ものを忘れる必要があるだろう」と抜き書きして、さらに赤鉛筆で「ものを忘れる必要があるだろう」に線を引いてあるけれど、なぜ線まで引いたのか全然覚えていないというところです。

お手紙を読んで、えっ！　『青年時代』にそんなところあったっけ？　どこだろ？　と思ったんですが（笑）、調べてみるとたしかにありました。「17」の最後のほうです。語り手のジョンが英国博物館――British Museum は「大英博物館」ではなく字義通り「英国博物館」とわたしは訳します――の読書室で『バーチェルの旅行記』に読み耽るところです。有名な探検家ウィリアム・バーチェルの二巻からなる旅行記には南アフリカの地名がたくさん出てくる、だが、いまこの図書館で本を読んでいる人のなかで、実際にそこを歩いたのは自分しかいないんじゃないか、と思って青年がクラクラするところです。

　バーチェルは植物採集箱を牛車で運びながらケープ植民地を旅した人ですが、その旅行記を南から遠く離れた北の図書館で読みながら、青年は——これはあくまで南アフリカという「異国」を旅するイギリス人が書いた本だ、しかし自分はその土地で生まれた人間として「バーチェルの本に匹敵するほど説得力のある本を書き」この図書館に所蔵させたい、知識の範囲としては一八二〇年代と重なるだろうが純粋な文学作品にしてそこに「真実というオーラ」をもたせたい、もっと「周囲の世界への応答がバーチェルには不可能だった活力をもつ本」を書きたい——と強烈な野心を燃やすんです。

　これは一九六〇年代初めにロンドンで詩人をめざしたクッツェーが、散文を書こうと思った瞬間で、その作品に一八二〇年代の臨場感をもたせるには、それまでに学校で学んだ植民者の「苦難と栄光の開拓の歴史」ではなく、新たな視点と知識が必要だと考えるところです。『青年時代』には、国外に出たことがなかった若い田舎者がイギリスへ渡って、自分が植民地出身者である「意味」を嫌というほど味わう体験が描かれています。真理子さんが抜き書きした部分は、過去の時代の内側からリアルに書くには、その時代に固有の「過ぎ去った世界のありふれた知識」を手に入れなければならない、だがそれはどこで見つかるのか、と自問するところですね。

自分が生まれた土地の過去を舞台にして本を書くには、まず獲得した知識全体をいったん解体して再構築する必要があり、すでに学んでしまった知識を幾分手放さなければならないが、知識のうちのなにを手放し、なにを拾い上げるか、厳密に検討しなければならない。それはとても立体的な作業になりますよね。学びほどき学びなおす（unlearn）ための基礎作業です。

真理子さんが疑問に思った箇所は、六〇年代構造主義言語学の申し子を自認するクッツェーが、「解体と再構築」とか「脱構築」といった表現を避けて、問題を数学の理論で解こうとした青年の頭の動きを描いているところに思えます。だって「ものを忘れる必要があるだろう」に続くのはこんな文章なんですから。

だが、忘却を可能にするには、まずなにを忘却すべきかを知る必要がある。知識を減らす前に、もっと知識を増やさねばならないのだ。

知識を足し算と引き算で数量化してとらえようとするところが、食べていくため数学の学位を取得したクッツェーの一面を伝えています。コンピュータプログラマーとして働き、チェスばかりやっていた当時の思考方法を、批判的に描くために使った表現かもしれません。そして。「過ぎ去った世界のありふれた知識」への手がかりを見つけたのは、その後に留学したテキサス大学の古文書館でした。南部アフリカ探検の古い記録を発見し、それを改変して『ダスクランズ』の後半「ヤコブス・クッツェーの物語」に使ったんです。舞台は一八二〇年代ではなく十八世紀の南西アフリカ（ケープ植民地から現在のナミビアへ続く地域）で、「モノの記録」が数値を添えて書き連ねてあります。それが作品に「真実というオーラ」をもたせるために使われた細部なんでしょう。

この「ヤコブス・クッツェーの物語」を、わたしが荷を牽《ひ》く牛のような気分で訳したのは『青年時代』を訳したあとだったので、今回あらためて真理子さんの「抜き書き用のノート」の引用部を読んでびっくりしました。そして、そうか、なるほどと納得しました。訳者としては貴重な体験でした。書いてくれてありがとう。

お手紙の最後に「線を引いた理由は、もう一度全部読まないとわからないだろうな」とありましたが、多忙を極める真理子さんの「見晴らし」はこれで少しだけよくなったでしょうか？　よくなったことを祈ります。いやあ、むしろわたしが『青年時代』を最初から読み直したくなりました。今回のように随所で新たな発見がありそうです。ワクワクしてきた。再読します、きっと！

おっしゃる通り、『少年時代』で、母親が夫や息子に冷やかされて自転車に乗るのを諦めてしまったことに対し、この埋め合わせをきっとすると少年が心に誓うところは、記憶を再検証して加筆している部分ですね。メモワールって二重構造が必ずある。まずこういう出来事があった、その記憶に対していまはこう思う、という時間差が含まれますから。境目を消してすべて一人称で書く人もいますが、圧倒的に有利な立場にある現在の自分に光を当てながら、過去の自分には三人称を用いて、物語としてほつれなく書いてしまうのがクッツェーです。そこがチカチカと読者への警告になっていく。とにかく細部が面白い。読み返すたびに発見、再発見があって、読む側が自分の変化を思い知らされる。こっちが「クッツェーに読まれて」しまうんです。

『鉄の時代』に出てくる強烈フレーズ「わたしたちが子どもを産むのは、子どもから母親のように世話をしてもらうためなの」というところには、訳しながらわたしも驚愕しました。ただこの部分は母親ができのいい息子に暗黙のうちに課す期待を、親となった作家が二ひねりくらいして書いているところじゃないかと思うのです。親からの期待をここで止めようとする親自身を描いている。ガンの再発で弱っていく母親が、そのことを手紙に書きながら、自分が生きているうちは娘に手紙は出さない、と決めているわけですから。それでいて家に住みついた浮浪者ファーカイルに、娘さんが後で知ったら許さないよ、なんていわせる。

ミセス・カレンが浴槽で自分の母親を思い出すシーンも、よくこんな描写、書けるよな、四十代後半の男が！　とか訳しながら思ったりしました。でも、小川洋子《おがわようこ》氏が「パナソニック・メロディアスライブラリー」というラジオ番組でこの作品を取りあげながら、作家というのは性別を超えて書けるものなんだ、それほど苦労せずに、という意味のことをさらりと述べていて、わっ、そうなのかと認識を新たにしました。

とはいえ一般的には、「母から見た娘」「母が娘に寄せる感情」を描いたものが少ないというご指摘はたしかにそうですね。でも、じゃあ「父が息子に寄せる感情」を細やかに描いた作品ってあるかな、という疑問が湧いてくる。深くグサグサ書く作品というのはいつだって子供が「父を」や「母を」であって、逆は、あるにはあるけれどまれです。親の権威から自立するために必要な分析をするのはたいがい子供のほうで、それが近代人の自己形成の特徴だったのかと思うのですが、どうでしょう。ざっくりとですが。

そういえば昨年かな、「親ガチャ」という表現が出まわりましたね。子供は親を選べないという意味でしたが、実は親も子供を選べないのではないかとわたしは思うのです。良い意味で「親ガチャ子ガチャ」かな、言い方が「親不知《おやしらず》子不知《こしらず》」みたい。あれは新潟の海沿いの難所でしたよね。どうしてああいう呼称になったのか、ちょっと調べてみたけれど、なんか納得がいかなかったなあ。

　わたしは三十代初めにやっと「愛するという他動詞が使える」と思ったことがあります。三人の小さな子供を育てているころでした。自分の内部に眠っていた力や可能性をぐいぐい引き出してくれる存在、それが子供だとも思いました。でもやがて、子供とは、少しずつ自分には理解し難いものになっていくもので、それでも感情を持ち出しながら最後までつきあう究極の「他者」、それが子供かもしれないと気づきました。「イエスの三部作」でクッツェーが書きたかったことのひとつはそれじゃないかと思います。『鉄の時代』も「イエスの三部作」も、内容としては「人が人を気遣う」広義の「ケアの思想」が通奏低音のように流れています。

『鉄の時代』は病者とそのケアをめぐる小説であり、親が子を、元教師が警察や軍隊に殺される若者たちを思う作品であり、「母親というもの」を男性作家が徹底的に描ききろうとしている作品です。その根底には生き物と生命への気遣い《ケア》がある。主人公のエリザベス・カレンは七十歳、それを訳していた自分はまだ五十代でしたが、いまはカレンの年齢を超えました。作中人物の年齢って変わらないのがちょっと悔しい（笑）。

　クッツェーは、作家はいずれ死ぬけれど作品には長生きして欲しいから、時間の経過によって古びる表現部分はできるだけ削って作品を仕上げるといっています。ある時代に「受けのいい」流行りの装飾表現は削って、シンプルで透明な見晴らしを確保する。その意味でも彼の「見晴らしの良さって、ちょっと怖い」という真理子さんの意見には百パーセント同意します。後ろに引いて凝視する、というのは、現実に深くコミットしない態度でもあるんだけれど。親としてはね、そこが辛い。「イエスの三部作」の代父シモンの辛さね。

ここまで書いてきて、前回のお手紙を読み返しました。このテーマで書きたいという魅力的なキーワードが、ほかにいくつもあるじゃないですか。なのに「クッツェー」という名の誘惑に負けてクッツェーばかりになってしまった。すみません！

でも、考えてみると「見晴らし」とか「視界」はこの往復書簡の肝なんですよね。真理子さんが韓国に留学したときの経験を「何を見聞きしても、その遠近感や優先順位がわからない。でも、少しずつ動いて、ぶつかったところの手触りをきっかけにして考えていくうちに、少しずつ見えてくるものがあったようです」と書いているのはとてもリアルです。そして「手探りというのは無駄なプロセスではなく、重要な仕事なんだと思います、子供にとっての遊びがそうであるように」には全面的に賛同します。そうなんです！「手触り」ってとっても大事！　世界と出会うときに最重要な「感覚的」出発点ですから。

そこで話は思い切り飛びます（出た！）。二月二十四日にロシアのウクライナ侵攻が始まった直後、ネットのあちこちでヴィットリオ・デ・シーカ監督の一九七〇年の映画「ひまわり」が話題になりました。わたしも真っ先にあの映画を思い出した一人なんですが、そこに出てくる、一面に咲く広大なひまわり畑の映像が鮮烈でした。そのせいかウクライナと聞くと、第二次世界大戦による死者が数多く眠っている広大なひまわり畑を連想する人は少なくない。そんなとき、ＢＢＣがツイッターで流した短い動画に、びっくりするようなシーンが出てきたんです。

まだ二月末のことでした。ウクライナの町に侵入してくるロシア兵に向かって一人の女性が「なにしに来たの？　ポケットにひまわりの種を入れていきなさい」といっていたんです。銃を手にしたロシア兵は「事態をこれ以上悪くしたくない」と応答するのですが、黒いコートに白い毛糸の帽子を被ったその女性は、強い口調で「ポケットにひまわりの種を入れていきなさい」といいつのる。あまりに衝撃的な動画だったので、そのことを詩に書きました。

ひまわりの種を

ポケットに入れていきなさい！

冬のウクライナの町へやってきた
ロシア兵に向かって
ひまわりの種を差しだして女はいう
あんたがたみんなここで死ぬんだから
種から芽が出て花が咲く　だから
ポケットにひまわりの種を入れていきなさい！
困惑するロシア兵に　たたみかけるように女はいう
夏のウクライナに咲く一面のひまわり畑には
無数の　無念の　ヒトの命が眠っている

『文藝春秋』二〇二二年五月号

動画は二月二十六日付のBBC日本語サイトの記事内に、二月二十四日の映像として記録されています。侵攻が始まった直後の映像ですが、いまウクライナではすでに国外に出る難民があふれ、駆り集められたロシア兵の攻撃によって民間人に多くの死者が出て……。

コロナウィルスのあまりに速い感染スピードで「国境はすでにない」ことが明らかになっ

た世界で、今度は戦火に追われて国境を越える人たちの姿が瞬時に拡散されていく。そのことに衝撃を受けました。そして、それ以後のこの地のメディアがウクライナ一色に染まっていくことに強い違和感を覚えています。これまでアフガン難民やシリア難民、ミャンマーやクルドの難民に対してそれほど熱心に支援してこなかったのに、ウクライナ支援には驚くほど熱心なのはなぜだろうと胸に手をあてて考えたいです。英語という覇権言語を仲介にして、アフリカンの文学という「その他の外国文学」を訳してきた者としては、既視感がないわけではありませんが。

この手紙が公開されるのは新緑が美しい初夏のはずです。東京でわたしが一番好きな季節です。早春から吹きはじめる花粉いっぱいの風がやんで、梅雨に入る少し前の、湿度が低くカラッとした季節です。だから手紙も軽やかに書こうと思っていたのに、なぜか、究極の真剣勝負を迫ってくるクッツェー作品と、戦争の話になってしまいました。涙です。でも今日もまた、樹木は雨あがりの鮮やかな緑を披露してくれるし、鳥たちはさえずりを耳にとどけてくれます。わたしはわたしにできることをするしかなく、これまで通り翻訳をしたり、こうしてコツコツとことばを紡ぐばかりです。

そうだ。日本語で子供時代のことを書いた最初期の作品って樋口一葉《ひぐちいちよう》の『たけくらべ』なんじゃない？　急に、脈絡なく思ったんだけど。一八九五年に雑誌に連載されはじめた『たけくらべ』は、子供時代を十分にもてなかった日本の十四歳の少女の話として読めない？すごくアジア的な。究極の「反・赤毛のアン」だよね、これ。

「結婚する」「朝鮮」という二語をめぐる真理子さんの経験は、自分が大人になる過程で無意識に組み込まれてきた価値観などと複雑に絡まりあっていることかもしれませんね。絡まりあってるものって、そう簡単には解けませんよね。無意識であればなお。お手紙を読みながら、クッツェーが七十八歳のときにシカゴで行った講演「『子供百科』で成長すること」（『思想』二〇二〇年五月号収録）について考えました。（ああ、またクッツェーの話になってしまってすみません！）『少年時代』にも「緑の本」として頻繁に出てくる『子供百科』が幼いころの自分にどれほど深い影響をあたえたか、とりわけ「犠牲」についてはいまも「語るのが難しい」「というのは自分がまだそのなかにいると感じられるから」だと語っていました。

わたしは北海道の農村で育ったんですが、そこで体験した先住民アイヌをめぐる大人たちの態度について、書くまでにかなり時間がかかりました。距離を置いて初めて書けたことでもあった。あれは「時代と人」のなかに染み込んでいた明らかな「差別意識」だったといいまはいえるけれど、長い年月と新たな自分の立ち位置を固めてようやく『山羊と水葬』（書肆侃侃房）のなかにまとめることができたんです。「自分のことばで」。それにはunlearnに不可欠なプロセスとして、確信的に少しだけ「ものを忘れる」必要があったようです。

最後にちょっと書いておこうかな。わたしが「オイラ」を使うようになったのは、八巻美恵さんがメールで「オイラ」とか「オレ」という表現を使ってるのを見たからです。メールでしか使わないけど、こういうの、ステキ！　と思ったの。

二〇二二年四月五日　雨あがりの朝

くぼたのぞみ

二〇二二年五月

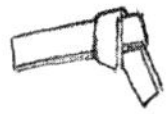

「オイラ」がすてきなくぼたのぞみさま

五月です。風薫る五月、新緑の五月。

この前私が書いためちゃくちゃな手紙から、いろんなところを拾ってくださって、ほんとにありがとう。すごいなあ。

実は三月の手紙を読み直してみて、こんな手紙をもらったら「(苦笑)」って感じになるしかないよなあと思いました。ウクライナとロシアの戦争が始まったあのころは、ちょっとどころでなく動転していたんだと思います。

あれから二か月半。すごく疲れる時期でした。仕事が忙しかったこともあるけど。

私、毎日ではないけれど記録をつけていますが、二月二十四日のところを見ると、「疫病のさなかに戦争なんて」と書いてあります。それから、「世界がだんだん加速度をつけて壊れていくようにも思うし、後から賢い人々が生まれつつあるという気持ちもするのに、どちらにチューニングしていいか判らない」とか。「始まるだろうかと思ってはいても、やはり始まると本当に嫌（嫌としかいいようがない）で、墨を呑んだような気持ちになる」とか。

でも、もう既に、そのときの気分をありありと再現することはできなくなっています。ほんの二か月半前の自分を自分自身が踏んづけて、今に至ります。そのままではいられないのだよね、何もかも。今の自分も刻々と変わっていくけど、それにつれて過去の自分も刻々と変形していくみたい。のぞみさんが、クッツェーの『少年時代』に寄せて、「メモワールって二重構造が必ずある」と書いてくれたけど、何かを作品化するわけではない私にとってすら、そうみたい。

今の私はあのときの私を「ちょっとどころでなく動転していた」みたいだと思うけど、たぶんそれは日常の一部にしかすぎなかったはず。でも「動転」という単語でまとめてしまうと、それ以外のことが飛んでしまうんだよね。本に線を引きすぎると、それ以外の部分が埋没するみたいに。

そもそも、記録すれば、記録しなかったところが後景に回ってしまうしね。だから言葉にすることは常に危険性を含んでいるのだろうけど、同時に、言葉にしなければ全部が流れていってしまうから、記録するしかないんですけど。

ここでついでに、日記のことをちょっと書きましょうか。どうでもいい話ですが、先回、先々回と、濃密なやりとりが続いたので、息抜きに。

日記ふうのものがいっぱいあるんですよ、私の日常には。まず、メインのというのか、昔ふうの大学ノートが一冊あります。これは主に「考えたこと」「思ったこと」を書きたいと思ったときに書くので、どこで書きたくなってもいいように持ち歩いてます。何週間も、持って歩くだけで書かなかったりするんだけど。ときどき途切れたことはありますが、高校三年生のときから続いてる習慣です。

それから五年日記があります。去年までは三年日記だったんだよ。四年ぐらい前、チベット語研究者で翻訳者の星泉《ほしいずみ》さんに連用日記の面白さを教わって、始めてみたんです。そしたら、去年や一昨年の自分が一望できるので、今までにはなかった「見晴らし」が手に入ってすごくよかったのね。だから三年日記を一クールやった後、今年は五年日記を買いました。こっちは、考えたこと思ったことではなく「起きたこと」「やったこと」の記録が中心です。時事的なこともメモするようにしています。それには理由があってね。

去年、桜庭《さくらば》一樹《かずき》さんの『東京ディストピア日記』（河出書房新社）の出版記念で対談をしたんです。この本は本当に面白くて、二〇二〇年一月から二〇二一年一月までに「起きたこと」「やったこと」と「考えたこと」がしっかり撚《よ》り合わさった、強いロープみたいなんですよ。で、このときに桜庭さんが、3・11の後にちゃんと記録をつけておけばよかったと思って後悔したから、今回は意識的にきちんと記録をとったのだとおっしゃっていたんです。この手紙を書くにあたって、桜庭さんに改めて伺ってみたところ、「出来事の順番や、それによって自分の認識や世の中の総意のようなものが日々変化したことを忘れ、一塊の記憶になってしまって、後からは正確に思い出せなくなった、というのが後悔としてあった」と当時の気持ちを教えてくださいました。これは私も深く納得したし、大勢の人が同じではないかなあ。

なので連用日記では桜庭さんの真似をして、できるだけ事実のメモにも重点を置くようにしています。コロナ情勢でいえば東京の感染者数とか、自治体の長の発言とか。

その他に、パソコン上にも日記のテキストデータがあります。これは主に仕事中、発作的に書くんですね。最初に書きはじめたのが多分二〇〇一年で、何度か文書を分けて更新しています。今のデータは会社を辞めてフリーになった二〇一一年からのもの。

愚痴が多いですが、とりあえず文字にしているうちに何となく整理されてきて気分が収まったり、次に何をすればいいか目処《めど》が立つことも多いです。それは紙の日記も基本的に同じですけど、パソコンの日記の方が発作的に書く率が高い分、目処が立つまでの時間が短いみたい。それと、紙の日記には出てこないアホすぎることもいろいろ書いてある、衝動買いの反省とか。これを見ると、紙に書くときは一応、内容を選んでるような気もするなあ。

一応、ここまでの三つが常識的にいう「日記」に近いと思います。で、あたかもこの三つを使い分けているかのようなことを書きましたが、実際にはそうでもないです。三者が乗り入れたり、または三者がお互いに微妙な剽窃《ひょうせつ》をしたり、上書きしたりもする。

パソコン上には他にも記録があって、一つが「作業時間一覧」です。どういう作業にどのくらい時間がかかったか具体的に記録してあります。一冊分の下訳にかかった日数（及び、一日あたりにやったページ数も）とか。または住所録の整理とかお礼状とか、作家への質問項目の作成などに何時間かかったか。記憶と実際とがかなり違ったりします。取りかかる前は気が重くても、実際にやってみると大したことないケースもあるし、逆もある。とにかく過去の実績を数値化しておくと、ある程度見通しが立つのでありがたい。

これは実は、会社にいたときにある人に教わった方法です。その人は、「自分の会社には子育て中の女性たちが勤務しているので、突然の残業はできない。だから、何にどのくらい時間がかかったかをすべてデータ化しておき、急な仕事の依頼があったら、過去のデータを参照して可能かどうかを判断する」と言っていました。やる気任せで仕事を請け負わないってことですね。会社にいるときに学んだ多くはないノウハウのうち、非常に役立っているものです。

また、To Doリストも前はパソコン上で書いてました。「やるべきこと」というタイトルで箇条書きして、やった順に消したりしてたけど、今は手書きのメモ帳に移行しました。こっちの方が一覧性があって、私には使いやすいので。安い薄いメモ帳で、だいたい三か月に一冊使うかな。これがないと仕事にならないほど、大事です。

その他に、健康面での記録のノートがあります。いつ、どういう不定愁訴があって気になったかとか、医療機関にかかったときの経過とか、区役所の血圧計で測った結果なんかも貼ってある。コロナ関連の記録もここ。

介護についても別のノートがあります。介護って異次元ですよね。用語にしても手続きにしてもまるで別世界に入ったみたいなもんで、何度説明を聞いても忘れてしまうし、本当にいろんな方に関わってもらい、いろんな意見を聞き、それらを踏まえて決定を下してもどんどん状況が変わり、突発的な事態も発生するので、記録しておかないと、ほんの何か月か前のことも振り返れなかったんですよね。関係者にお願いの手紙を書くなどの場合にも、記録があるとないとでは大違いなので。このノートがないと何が何だかわかりません。

今はあんまり書いてないけど、CDと編み物についても個別のノートがあったの。CDは主にクラシックですけど、記録しておかないと同じものを二度買ったりするから。編み物も結構まめに記録をとっていた。万年筆とインクの記録は今も書いてる。それと、何と何を合わせたら結構よかったとか、このコートはボタンを換えた方がいいとか、服に関するメモ。パソコンに関するメモ。家計簿はつけはじめると夢中になって、節約のために生きているようになるので、ほどほどにしかつけませんが、五年おきぐらいに試みてます。それと先回お話しした、本からの抜き書き書き用のノートもありますね。買った本、もらった本、売った本のタイトルだけ書いておくノートもある。

読んでよかった詩を書き写しておくノートもあって、これは四十年分、十冊以上あるから貴重。韓国語と韓国史に関するメモは昔ながらのカードにしています。それと最近、手書きするときに書き間違いが如実に増えて、それが老化の過程を表しているようなので、どういう書き間違いで、どういう法則性がありそうかメモしています。これはなかなか面白いですよ。それから、スマホを使うようになってからは、そこにもいろんなメモが残ってる。

こんなにあるのか。

何だかミノムシみたいね、じゃらじゃらといろんなものを体にくっつけて。

でも、ここまで書いてきて気づいた。こんなに記録を細分化しているのに、子供に関する記録がないよ。

世の中には、育児日記をつけている人も大勢いますよね。私、一度もそれをやったことがなかったんだなあ。あ、そうだ、子供がうんと小さいときは保育園の連絡帳があって、そこに保育士さんたちがいろいろ書いてくれて、毎日やりとりするのが結構楽しかった。でも小学校に上がってからは、そういうのがない。

考えてみたら、子供が生まれてから何年間かはメインの日記もつけてなかった。その後再開した日記には、子供のことはいっぱい書いてあります。だけど、それを特化する気にならなかったのですね。（しばらく沈黙）ちょっとびっくり。だって、それこそ、書いて整理して客観化した方がよさそうな案件じゃないですか……でも、切り分けなかったのだな。

無理に解釈しようとすれば、子供と自分を一体化したものととらえたからではないかとか、最も重要なことほど切り分けられなかったのではないかとか、いろいろ言えそうですが、今、解釈したくありませんので、このままにしておきますね。このことに気づいただけでも収穫なので。


要するに、自分のことってよくわからないんだなあという、ごく普通の結論に至ってしまいました。

実は、この前ののぞみさんの手紙でいちばんびっくりしたのは、日本翻訳大賞の授賞式のときのことだったんだよね。受賞挨拶をした私のことを「しきりと遠慮がちに話をする、あのシーン」と書いてあって、自分では全くそんな覚えがなかったので本当に驚きました。というのはあの日、大学時代一緒に朝鮮語の勉強をしていた仲間が二人来てくれていて、その人たちからは私のスピーチについて、後で「アジってたね」って言われたからなんですけど。若い読者の方にはわからないかもしれないのでつけ加えておくと「アジる」は「アジテーションする」の意味です。

あの日何を話したかというと、授賞式が四月十九日だったんで、その日付には言及した覚えがあります。四月十九日は韓国ではとても重要な日で、一九六〇年に四《サ》・一九《イルグ》学生革命と呼ばれる事件が起きた記念日です。学生と市民のデモで李承晩《イスンマン》政権を下野させた事件なんですが。受賞したパク・ミンギュの『カステラ』の奥付も四月十九日でした。出版社クレインの代表、文弘樹《ムンホンス》さんがわざわざその日付にしているので、受賞挨拶ではそのことを話した記憶があります。また、授賞式が行われた新宿近辺で一九三〇年代、植民地下の京城《けいじょう》から来た若い文学者たちが散策していたり、記録を残したこともあるとか、そんなことを話したと思います。

とにかく、当日来てくださった人たちには、朝鮮半島とそこの文学についてはほとんど共通認識がないだろうから、何かイメージを喚起することを話した方がいいだろうと思って、たまたま思いついたことを話したにすぎないのですが、当日、私が壇上で腕組みするか、腰に手を当てていたらしくて(それも無意識だったんですけど)、後で「あれ、偉そうに見えるからやめた方がいい」って人に言われたんですよ。そんなこともあったので、「しきりと遠慮がち」はまるで逆のイメージで、とにかく自分が思っているようには人には見えてないもんだなと痛感しました。

それは誤解ということではなくて、こっちが意識していない「見え方」の束が自分なんだなと。「しきりと遠慮がち」な自分も自分のように思えないし、二か月半前にクッツェーの本を探し回った自分もあんまり自分のように思えないけど、それらも回収して歩いていくしかないでしょうね。

unlearn の話は面白かったです。クッツェーの話が続くのは仕方がないと思う。それだけ魅力的だからですね。先回、『青年時代』の「忘却を可能にするには、まずなにを忘却すべきかを知る必要がある」の意味について教えてもらって、また『ダスクランズ』が読みたくなりましたよ。しりとりみたいに次々と読みたくなりますね。

見晴らしは良くなりました! ただ、私が「線を引いた理由は、もう一度全部読まないとわからないだろうな」と書いたのは、そのときの自分がなぜこの一行にわざわざ線を引くほど惹きつけられたのかという疑問だったので、謎解きは半分しか終わってないのですよ。これは私がよくありませんでしたね。のぞみさんは研究者なんだよなと改めて思いました。誰も研究者に、「私がこの行にアンダーラインを引いたのはなぜでしょうか?」って聞いたりしないですよね。

のぞみさんにとってのクッツェーのような対象が私にはなく、単に偶然翻訳をやるようになっただけの私が、のぞみさんのメインテーマであるクッツェーに踏み込むのは……ちょっと軽々しかったよね……と反省したんだけど、まだクッツェーの話していい?

先回のお手紙で、のぞみさんが、先住民アイヌをめぐる大人たちの態度について言及してたでしょ。「あれは「時代と人」のなかに染み込んでいた明らかな「差別意識」だったといまはいえるけれど、長い年月と新たな自分の立ち位置を固めてようやく『山羊と水葬』(書肆侃侃房)のなかにまとめることができたんです。「自分のことばで」」という一節があり、そこから「それにはunlearnに不可欠なプロセスとして、確信的に少しだけ「ものを忘れる」必要があったようです」という結論に至っていました。

この、unlearnに至る過程の「自分のことばで」というフレーズで、またクッツェーを思い出しちゃったんですよ。

『鉄の時代』で、主人公と、ミスター・タバーネが問答するところ。

これは、すごく緊張感の高い場面ですよね。生半可な説明をするのははばかられるので、やめておきますが（読者の方には『鉄の時代』を実際に読んでくださいと言いたい）。まさに「対峙《たいじ》」というような場面で、主人公カレンがこう言うでしょう。

「わたしにも確信をもっていえることはたくさんあります、ミスター・タバーネ。しかし、であるなら、それは本当にわたしから出てきたものでなければなりません。強要されて話すと――おわかりいただきたいのですが――真実を語ることはまず、できません」

「彼らは糾弾されるべきです。でも、他人のことばで彼らを公然と非難することは、わたしにはできません。わたしは自分の、自分自身のことばを見つけなければ」

のぞみさんが「自分のことばで」という部分に「　」をつけているのを見て、『鉄の時代』のここをすごく思い出したんだけど、深読みかな。

私がここで考えたのは、自分の文脈ということでした。unlearn という行為を経て、他人のことばによる非難ではなく、自分の文脈をつかんで初めて、自分のことばが出てくるのだと。違っているかもね。でもどうしても書きたくなったので書きました。そういう文脈は水脈のようなもので、自然で、納得でき、記録しなくても記憶に残るねということを、『山羊と水葬』を読んで思ったのでした。

クッツェーのことばかりになっちゃったって、先回のお手紙でのぞみさんが言っていたけど、これ、ずっと続いてもいいよ。これからもまたクッツェーのこと聞けるんですよね。私は、のぞみさんとクッツェーみたいな関係を持っていないので、これからもこの往復書簡でお話を聞けたらと思います。


unlearn のことですが、私は learn もちゃんとできていないなーと、思います。例えば、「親である」ことについても、夢中で親という役割をやってきただけで、learn はしてなかったかもな。そして、自分より若い人たちは、私が若かったころよりずっと先のことまで見ているなと思うことがある。そこに照らさないと自分の learn も unlearn も言語化できない気がする。

私の世代か、もうちょっと後ぐらいまでは、「案ずるより産むが易《やす》し」のおまじないが効いた時代だと思うんです。でも今、それは効果がなくなってる。「易し」と思わせてくれる世界の寛容さが、どんどん切り崩されていく。

世界にはすでに面倒を見てもらえない子供たちが溢れているのに、あえてわざわざ「自分の」子供を持とうとするのはなぜ？　という異議申し立てが、韓国のチョン・セランやイ・

ランなんかの書くものにはあります。例えば、チョン・セランの『シソンから、』には、子供は産まないとはっきり言う長女と、「でも、私たちが手伝ってあげるのに」と気を揉《も》む、愛情あふれる両親やおばさんたちが出てきます。この長女は、職場に乱入してきたある男性にアシッド・アタックを受けて大怪我をして、今もＰＴＳＤに苦しんでいるんです。

その男性は、彼女の会社によって理不尽な大損害を被った人なんですが、だからといってなぜ、女性ばかりが勤務するオフィスに乱入して劇物を撒《ま》いたのか。「人が人に塩酸をかけるような世界に、生まれておいでなんてとても言えないですよ」と長女は言います（同時に、「私は産めるわよ」と発言する次女もいて、バランスをとってるんだけど）。

この人たちは、言うまでもないですが、子供嫌いなんかでは全然ないんです。そして、自分自身が子供のままだとか、大人になることを拒否してるわけでも全然ないんです。それより、自分が子供だったときの記憶を大事に持ったままで、次世代やもっと先の人類への責任感みたいなものを一生けんめい考えているというか。言葉にすると優等生的に聞こえるかもしれませんが、そういう感覚は、グレタ・トゥーンベリさんたちの環境破壊に対する切迫感と通じますよね。

切迫感と見晴らしの距離は比例するのか？　そうなんじゃないかと思いつつとぼとぼと、四月から五月、歩きながら考えました。

先々回のお手紙で、金聖七《キムソンチル》という人の『ソウルの人民軍』という本を引用したでしょ。あれは北朝鮮軍が侵攻してきたばかりのころの日記でしたが、三か月後、北朝鮮軍が出ていった後の日記は次の通りです。

> ソウル駅はごみ箱の中に捨てられた潰れたマッチ箱のようにみすぼらしい。足もくたびれたが心はもっと疲れたので、私はソウル駅前で泣きながらきびすを返した。
>
> みずみずしい葉が無残に焼け焦げたプラタナス。いつふたたび、お前の身体につやが戻り新芽が萌えてるのか。

辛いですね。これも「ディストピア日記」だなあ。でも、いつもディストピアだから、人間は日記を書くのかもしれない。

のぞみさんの詩「ひまわりの種を」の中の、「無数の　無念の　ヒトの命が眠っている」という最終行。ウクライナだけでなく朝鮮半島だけでなく、種や葉の向こうに見晴らしを求める人たちが絶えなかったのは、焼け焦げた種や葉もまた絶えたことがなかったからでしょうか。

二〇二二年五月七日

斎藤真理子

二〇二二年六月

比類なき「みのむし記録魔」の斎藤真理子さま

風かおる五月がすぎて六月です。五月はさわやかな風が吹き、ときどき思い立ったようにざあっと雨が降って、埃《ほこり》を洗われた緑が匂い立つ気持ちのいい日が続きました。ホッとしたのか、そのころから「ちょっと浮いてる感」が抜けません。この状態で飛べるかな（笑）。

いただいたお手紙を読んで、真理子さんは紛れもなく「記録魔」だと確信しました。すごい。「日記ふうのものがいっぱいある」っていうので、ふむふむと読んでいくと、これで終わりかなと思ってもまだ続く。この辺でピリオドかと思ってもまだまだある。いやもう、心底、脱帽です！　すごい！　ざっくり数えても十八種類のノートですもん。「読んでよかった詩を書き写しておくノート」四十年分とか、書き間違いの法則をめぐるメモなんて、目眩《めまい》ですよ。

　でも。考えてみると、日記風な記録はわたしもつけていたかもしれない。学生時代はさておき、育児日記もさておいて（なぜかは問うべからず／笑）、手元には一九九六年四月から今日まで続く記録がありました。最初は小さなノートに、土を耕した日、種子を蒔《ま》いた日、芽が出た日、花が咲いた日、実がなった日、収穫した日、という植物の生長記録だった。「ついでに」仕事の記録も書き込んだ。これがめっぽう役に立つようになったんです。

　開始して七年ほどで、大きな息抜きだった畑から遠ざかり、植物の生長記録は終了しました。でもデスクワーク日誌はいまも続いています。新たな翻訳の原書が手元にくると、最初の読みから始まって翻訳に要した日数、見直し、初校、再校、あとがきに要した日数を書き込む。その数字を同色のカラーペンで囲みながら記録していく。こういうのはとても役に立ちます。他の仕事が何本も同時進行するときはとりわけそう。

　最初は小型ノートでした。その種まき日誌を引っ張り出して埃を払うと、表紙に畑の土が付着しているではないですか。思わず笑ってしまいました。野に持ち出し可能な大きさだったんですね。でもデスクワークに重心が移ると、それでは年に何冊も必要になってしまう。そこでA6判のリングノートに替えて、これを二十年使いました。なかは真っ白を避けて、ややクリームがかったすべすべの紙です。カバーは厚いボール紙で群青と深緑の二色。これを五冊ずつ買っておいて、奇数年は緑、偶数年は青と、年に一冊使いました。

記録なので、何月何日何曜日、晴れ、曇り、雨、嵐とか、お天気から始まって、何時に起きたか、何をしたか（家事、仕事）、その日の調子（肩が凝ってるとか）、どこへ行ったか（買い物とかクリニックとか）、誰と会ったか（飲み会とか打ち合わせとか）、映画、コンサート、旅行などについて記録する。後から、あれはいつだったんだろう、どういうふうに決めたんだっけ、と確認したいとき、立ち返るにはとても便利です。そのときどう思ったか、感情的なことはほとんど書いてなくて、キーワードがぽつぽつと並んでいるだけ。それを目にして、ありありと思い出せることもあるけど、どういう意味なんだこれは？　と謎が深まることもしばしば。だから古典的5W1H的な記録が基本で、そこに一言「旨し」「嬉し」「涙」とか付け加える。

どうせそのときの気分なんて、あとから読んで微妙に違うものしか思い出せないのはわかってるんですから。真理子さんも「ほんの二か月半前の自分を自分自身が踏んづけて、今に至ります」と書いていたけど、こういう表現に出会うのが、真理子さんのお手紙を読む楽しみの一つなんですよね。

そしてそして。一九九六年の最初のノートを開いて見ると、意外なものがはらりと出てきた。挟み込まれた二枚のメモ用紙にはこうありました。

たとえばいま鏡を見るとする。するとそこにはわたしの顔がある。まぎれもなくこちらをじっと見ている四十六年間生きてきたわたしの顔がある。ここ数年でめっきり白髪もふえた。それでも、わたしにとっては変えようのない、いや変えたいと思わないわたし自身の顔だ。四十歳を過ぎたころから鏡のなかの自分を見るのがいやではなくなった。気分が落ちこんでいるときなど、かえって鏡のなかから励まされていると気づくことさえある。ようやく自分自身をありのままに受け入れ、認めることができるようになったようだ。長かった道のり。

これは、真理子さんが高校三年生のときから習慣づけてきたという「考えたこと」「思ったこと」に分類される内容でしょう。だから記録専用に特化していると断言できるのはごく最近らしく、ノートにはいろんなことが混在しているようです。ああ、なんかこんなこと書いちまって、こんなのちっとも面白くないかもと思いながらも、飛べないわたしは平行移動を続けます。

二十年ほど使っていたこのアピカのリングノートが生産中止になったときは涙しました。筆記具はもっぱら2Bの芯を使ったシャーペンですが、とても滑りのいい書き心地のノートだったんですよ。

読んだ本から抜き書きする習慣は、残念ながらわたしにはありません。それをするには連続した静かな時間が必要だし、書き写す過程で自分はきっと内容を雑に変形してしまうだろうと確信できるので、やらない。引用するときは最初から原本に直行します。いまは検索機能が発達してめちゃめちゃ助かります。これと似たような文章はあの本のあそこに出てきたかも、とあたりをつけて、キンドル、PDF、自作ファイルなどに検索をかける。するとたいてい出てくる。思い込みが原本とは似て非なるものだったりすることもあって、自分の勘違いに気がつく。手書きのノートではどこにいつ書いたかまず思い出せません。自分のノートの索引を作らなければいけなくなる。最近ですが、ついに自分が昔訳した本をキンドルで買いました。手元に残っているのは入稿時のもので、ゲラ読みでどんどん変わってしまうでしょ。最終的にどのことばがどうなったか、検索するには電子書籍が便利というわけ。

真理子さんが、読んだ本から気に入ったところ、気になったところを書き写すというのは、書き写すこと自体に喜びがあるのでしょうね。万年筆や筆記具に凝るのもそれと関係がありそうな気がする。わたしはキーボードの軽さとか、打ち心地にはこだわるけど、手書きはほとんどしなくなって、あっというまに字を書くのが下手になりました。封書の表書きとか、レターヘッドの宛名とか、ひさしぶりに筆記具を握ると緊張しまくります。自分の名前だけはさらっと書けるんですが（当たり前か……ときどき姓を書き間違えるけど、これはまた別問題）。

ところが。日誌をよく見ると抜き書きで「書き写し」もやってるじゃないですか。ジョン・クッツェーから嬉しい手紙をもらったときとか。はは。またクッツェーかよ！　と自分でツッコミたくなりますが。とにかくクッツェー話はいつでも大歓迎です！

というわけで訂正可能なキーボードのほうがだんぜん楽です。二十代のヘロヘロOL時代に、毎日IBMの電動タイプライターに向かって何通も英文の手紙を打ち込んでいたことがあって（キーはものすごく重かった）、たぶん、それでキーボードに馴染んでしまったんじゃないかな。子育て期に書いた詩はもちろん手書きだったけど、書く文字量も多くはないし、本格的に仕事を再開した直後にワープロが出てきたから、原稿用紙を手書きで埋めたのはほんの数年でした。

そうだ。先日、美しい便箋四枚におよぶ、これぞ達筆という手紙をいただいて感激したんですよ。間違いなく、何年も筆者や訳者に手紙で依頼文を書いてきた方のお手紙でした。ぶれることなくサラサラと万年筆で書かれていましたが、わたしなど、こんな手紙を手書きしなければいけないとなれば、まずパソコンで下書きを何度もやって、それを万年筆で清書するプロセスを踏まなければとても書けない手紙でした。感動的でした。

曇る眼鏡を拭きながら、検索また検索、の日々ですが、ここでその眼鏡の話をしますね。先日、読書用の眼鏡を新調したんです。かけているときは気にならないけど、外してレンズをながめやると、あれ、こんなに色がついてると、使ってきた年数を数えて、おお！となりました。「曇る眼鏡を拭きながら」という往復書簡をやってる者が、色のついたレンズを使うのもなんだしなあ、と新調したんです。ところがここで思わぬ難題が。

じつはわたし、眼鏡は五つ持ってるんです。一つ目は外出用で、これは教室の黒板が見づらくなった十代から変遷を重ねてきた遠くを見る眼鏡です。二つ目は読書とゲラ読み用。三つ目がＰＣ画面に焦点距離をあわせたもの。四つ目が旅行用で、外出用より二段階ほど度が強い。空港の大きなボードで出発便の時刻やゲート番号を確認するとき絶対必要だったし、これは舞台や、映画の字幕を見るときにも便利。そして五つ目が三焦点眼鏡です。

備えに二つ目の眼鏡として三焦点眼鏡を作ったのは、デスクワークでいよいよ近いところが見にくくなってきたころでしたが（つまり老眼ね）、それで校正などやると逆に疲れることがわかって専用の単焦点眼鏡にして、これがのちの読書用になりました。三焦点眼鏡はもっぱら家事用です。次に作ったのがパソコン用。ところが家事をするときいちいちかけかえるのが面倒になって、パソコン用のまま屋内の雑用をやるようになりました。だから家のなかはややぼんやり気味の世界です。これがまた心地いいんだけどね。三焦点眼鏡は人と会って打ち合わせをするときや、飲み会などに便利です。テーブルを挟んで相手の顔や表情の変化がよく見える。テーブルに並んだ料理がくっきり見えないのは残念すぎるし、色や形を目で楽しめるほうが断然美味しい。

今回新調した読書用は、これまで使っていたプラスチックレンズからあえてガラスにしました。これには理由があります。いちばん長い時間使うパソコン用がガラスレンズで、透明感がまるで違うんです。傷がつきにくく耐久性がある。難点は重たいこと、でも何度もかけかえるとき、ちょっと荒っぽく扱えるガラスは便利で、曇りも拭き取りやすい。ゲラ読みのときは、パソコン用と読書用を頻繁にかけかえるため、同じような重さの、同じような質感のレンズがいいと思って替えてみたのですが、調整のために何度も眼鏡屋さんに足を運ぶことになってしまいました。原因はフレームが重すぎたこと。鼻の部分に眼鏡の重さが一気にかかって頭痛がしてくる。これには困った。ハンガリー製のレンズを二週間も待って作ったのに。以上が、日本にコンタクトレンズが出現した六〇年代から妊娠するまでの八年間を除く、半世紀を超える、眼鏡とわたしの小史です——って大げさすぎるね！

さて、unlearn に絡んで「自分のことばで」というのは、おっしゃる通り『鉄の時代』のミセス・カレンに通じますよね。あれはすぐそばにありながら、自分が足を踏み入れずにきた世界を目の当たりにする瞬間でした。家に住み込んで働いてきたメイドの本当の名前も知らずにいたことに気がつくところ。アパルトヘイトからの解放運動のさなかに、メイドの子供が殺され、その遺体がホールのような建物のなかに並べられているのを見て、衝撃を受ける。特権階級の白人として生きてきたナイーブな人間が何をいまさら、という感じもよく出ている。でも目前のことを語るには自分の外にある「正しい」とされる既成の表現ではなく、自分のなかから紡ぎ出したことばでなければ、とカレンは直感的に思う。ナイーブだからこそなのかもしれない。あそこは訳していてとても印象的なシーンでした。

それでね、学生時代に体験した、ことばをめぐるエピソードをここに書いておきます。一九六八年秋のことです。入学して半年後に学生が全学ストライキを打ってバリケードができた。十八歳のわたしは右往左往するばかり。それでも何が起きているか、どういうことか自分なりに考えたくて、頻繁に大学へ足を運んだ。ある日ヘルメットを被った学生が（同じ語科の隣のクラスの子だった）大きな階段教室の黒板の前でアジっていた。入り口でビラを配ってる学生もいる。しばらくすると後ろの方から、大声で質問する男子学生がいたんです。手に握ったビラをもう一方の手で叩くように指差しながら、こんないい加減な表現でいいのか、こんないい加減なことばでいいのか、と口から泡を飛ばすように詰問する。いまここでは熱気に駆られて、みんな、これを読んでも疑問に思わないかもしれないけど、時がたてば、ここにこうしているときのことなんか忘れられてしまうんだから、記録として残るのはこのビラ一枚なんだから、こんないい加減な文章でいいわけがない、というんです。ハッとしました。その人は、いまここ、とはまったく違うところからものを見ている、すっぽり包まれている雰囲気のようなものとは別の次元から批判している——そのとき自分はこのことを一生覚えているだろうと確信しました。そして実際に、その光景はくっきり記憶に刻印されました。

あれからたぶん、考えるときは「自分のことばで」、書くときも「自分のことばで」、とそればかり考えてきたような気がします。そしていつしかそれが自分の活動のフロント（前線）になった。批判したその男子学生は、その後、著名な聖書学者になって良い仕事をしています。何年か前に一度会って、ビールを飲みながら学生時代のそのエピソードを話したことがあるんですが、ええっ！　そんなことといったっけ？　と彼はほとんど覚えていませんでした。それもまた興味深いことなんだけど。

「親になること、ならないこと」についてなんですが。大きな深いテーマですねえ。これはあくまで一九五〇年生まれのわたし個人のケーススタディですが、自分が親になったとき、押し付けられたなんて思わなかったのは時代のせいだったんだろうかと考えてしまいました。たしかに七〇年代末から八〇年代初めは、産むために理由はいらなかった。八〇年代半ばころから変わってきたのかなあ。初めて『水牛通信』のための手書き原稿を渡したときだったか、八巻美恵さんと新宿の籐《とう》椅子の並んだ喫茶店で、その話をした記憶があるんです。

この問題についてはどうことばを尽くしても、これはどうなの？　あれはどう？　と疑問が湧いてきます。欲張って語ろうとすると、ことばの隙間からばらばらとこぼれ落ちてしまうものがあって、切ないです。

話は横に飛んで（おお、やっと飛んだ！）、以前、男女三人ほどの飲み会で、ワインも進んだころ、十五歳ほど年下の女友達が、のぞみさんは頭が半分男なのに三人も子供産んじゃって、みたいなことをいうので、のけぞるほど笑いました。誤解されると困るのですが、十代で岩波文庫をガッツリ読みまくった彼女も頭が半分男と思ってる（とわたしはにらんでいる）大学のセンセイです。アカデミックの人は、本人の認識とは別に「男性文体で思考する癖がつく（よう訓練されてきた）」のは歴史的事実です。まあ、そのことを私たちは揶揄《やゆ》したんですが。その女友達は誰も真似のできないとてもユニークな文体で、ジェンダーやコロニアリズムの問題などについて、深く核心をついた文章を書く人です。だから飲みながらぽろりとこぼれた「頭が半分男」って表現は、昔から自分の頭がアンドロギュノスだと思ってきたわたしとしては、そして、男のように考えないきみの頭はアカデミズム向きじゃない、と大学卒業寸前に担当教授から面と向かっていわれた人間としては（七〇年代半ばってそういう時代でした）、面白い比喩だなあと感じ入ったんですよね。

ウクライナの「ひまわり」をめぐる詩ですが、あのシーンをどう理解していいのか、じつはわたしにもよくわからないんです。ウクライナに侵攻したロシア兵と現地女性の会話の背後と周辺には、歴史的な、複雑なものがあることは直感できても、それが何かは部外者にはわからない。わからないからあんな詩を書いたんだ、といまは理由をつけたりしています。何度も立ち戻り、考えるための記録として。真理子さんの疑問への答えになっているかどうか、心もとないけど。

季節はついに梅雨に入りました。ウクライナ・ロシアをめぐる状況は先が見えません。でもひまわりの種を握ってロシア兵に語りかけた女性がいまどうしているか、ロシア国内で戦争は嫌だというだけで命の危険にさらされる人たちはどうしているか、考えずにはいられません。

そうそう、「翻訳家になりたいと思ったことはない」ということについて書かなくちゃ、とずっと思ってきたんでした。わたしは学生時代から翻訳はやってみたいと思っていたけど、翻訳家になりたいと思ったことはありません。でも翻訳している時間はとても好きです。訳した文章を見直して、手を入れ、仕上げていくのはもっと好き。ぴったりしたことばが見つからなくて、うんうんうなって、もういいや明日にしよう、と布団被って寝てしまったら、不意にことばが思い浮かんだり。真理子さんにとって「翻訳している時間」はどんな感じなんでしょう?

くぼたのぞみ

二〇二二年六月七日

二〇二二年七月

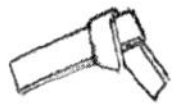

眼鏡を新調したのぞみさま

一九九六年に畑の世話をしながらのぞみさんが書いていたノートと、そこから出てきた二枚のメモの言葉。しみじみ読んでしまいました。「まぎれもなくこちらをじっと見ている四十六年間生きてきたわたしの顔がある」というくだりをです。九六年といえば、サンドラ・シスネロスの訳書が二冊続けて晶文社から出た年ですね。それと、私の大好きなベッシー・ヘッドの『優しさと力の物語』が出た年でもあるんですよね。

九六年は、私にとっても節目の年だったんですよ。四年住んだ沖縄を出て、東京の杉並に子連れでやってきたというか戻ってきたというか、そういう年です。

のぞみさんとは十歳違いだから、私はそのとき三十六歳でした。自分が後で翻訳を仕事にするなんて夢にも思っていなかった時期です。サンドラ・シスネロスもベッシー・ヘッドも、九六年にすぐに読めたわけではなくて、ずっと後でした。のぞみさんが「それでも、わたしにとっては変えようのない、いや変えたいと思わないわたし自身の顔だ」とメモに書いていたそのころ、同じ空の下にいたんだと思うと本当に不思議な感じ。

もっと遡れば八〇年代に、反アパルトヘイト関係の集会のどれかで絶対、のぞみさんに会ってはいると思うんですけど。何か報告をしているか、または通訳をしているのぞみさんの姿をどこかで見た覚えがあるから。同じような時期に、「水牛楽団」の八巻美恵さんともニアミスしていたはずだけど、お二人とも、実際に言葉を交わすようになるまでには長い時間がかかりました。

のぞみさんの九六年の記録に思わず引き込まれて、さてそのころ自分は何をしていたっけと一瞬思ったけど、日記を探すのはやめました。押し入れのどこかにあるんだろうけど、それを読みだしたら時間も気持ちも膨大に持っていかれそうだし。

日記（みたいなものたち）を書き散らしてきて困るのは、それが「残る」ということだよね。私としては、自分を稼働させる燃料のようなつもりで、書いてはくべ、書いてはくべ、とやってきたんですが、いかんせん燃えかすが大量に残るでしょう？　一年に一度とか決めて、捨てちゃえばよかったのかもね。今となっては多分もう絶対着ない、みのむしの「みの」が溜まって、処分するのも一手間で、その億劫さを考えたら、紙に書いたりしない方がいいのかも。でも、おっしゃるように、手を動かして書くこと自体に鎮静効果や快楽があったりするわけですが。

さて、先回、「真理子さんにとって「翻訳している時間」はどんな感じなんでしょう?」という質問をいただきました。

今の感じはねえ、基本的には「平穏」、もっといえば「平和」に近いと思う。翻訳をやっている具体的な一瞬一瞬には、「コレハキツイ」と思うことも多いですが、全体的に見るとそんな感じです。

私はこの六年ぐらいでかなりの数の翻訳をやってきました。最初は緊張してて、自分がどんな状態なのか考える余裕もなかったけど、今振り返ってみると、今まで私がやってきた他の仕事に比べたらぐっと「平穏」です。私ね、大学を出るとき就職活動もしなくて、あっちこっちでほんとにいろんな仕事をやってたの。十二種類ぐらい、やったんじゃないかな。今思えばフリーターの走りのようなものですが、八〇年代の前半って、晶文社から「就職しないで生きるには」という本のシリーズが出ていたりして、私もそんな雰囲気の中で、いろんな仕事場から世の中をちょっとずつのぞき見ることが気に入ってたんだと思います。そんなのんきな気分は、派遣法の改悪で、すっかり変わってしまいましたが。

そのうちで長続きしたのが校正でね、二十三歳から断続的にかなり長いことやってました。そこからだんだん編集をやるようになって、三十代からはずっと編集者として働きました。翻訳が「平穏」だというのは、編集に比べたら……という意味が強いです。

あくまでも私にとってですが、編集は世界を作ること、翻訳は世界を歩くこと。そんな気がします。

編集は、どんなに小さくとも、何もなかったところに一つの世界を作ることなんですよね。だからワクワクする喜びがあるし、同時に何が起きるかわからない。想定外のことがいくらでも起こりうるし、入口と出口で世界が全然違ってしまうこともあるでしょ。で、私はそれをあんまり楽しめなかったのかもしれないと思います。

楽しかったこともたくさんあるんですよ。特に、雑誌の校了まぎわのスピード感なんかは、しんどいけど、好きだったよ。だけど翻訳をやるようになってから、「私、編集には向いてない面がいっぱいあったな」「なのに無理して頑張っていたから、辛かったんじゃないかな」と思うようになりました。

私にとって編集よりも翻訳が「平穏」「平和」なのは、仕事の種類が少ないからです。ほんとに単純な理由で、きまり悪いぐらい。でも編集って、本のハードもソフトも何もかも全部、担当するでしょ。編集の名のもとにこなすべき作業の種類が多様すぎて、向いてるのもあれば向いてないのもあるので、どれもこれもやらないと一冊が出来上がらないのは、辛いこともあったと思うんですよ。

だから翻訳はいいですよ。もう世界があるんだから。完成されたテキストが。私にとってこれは涙が出るほどありがたいことです。だって、道がとはいわなくても、地面はあるんですから。そこを歩けばいいんですから。

なので、「すでにある世界」を丁寧に歩いていく時間、というのが私にとっての「翻訳している時間」の定義で、平穏さや平和さの所以《ゆえん》もそこにあるのかもしれません。

ここで、「歩く」ことについて一つ引用したい文章があるの。秋に、八巻美恵さんのエッセイ集『水牛のように』(horo books) が出る予定で、今まさに編集中なのですが、その中に「歩行」という文章があるのね。了解を得て引用させてもらいます。


運動として評価されている歩くことだが、ほんとうのよさはひろびろとした外の世界に身を置くことにあるのだと私には思える。ひとりで歩いているうちにすべての感覚が開放されて、自分とは異質なものを次々と受けとめることができるのだから、パソコンの前にすわってじっと考えているよりもいいアイディアがうかぶ確率が高い。

この「ひとりで歩いているうちにすべての感覚が開放されて、自分とは異質なものを次々と受けとめることができる」というところがすごくないですか？　私もほぼ毎日ウォーキングをしていて、歩きながら家や廃屋やさまざまな植物や人や犬を目撃するときの、あの独特の感じがとても好きですが、あの感じをこういうふうに言葉で表せるとは思わなかったなあ。レベッカ・ソルニットの『ウォークス——歩くことの精神史』（東辻賢治郎《とうつじけんじろう》訳、左右社）もすてきな本だったけど、八巻さんのは、さらに輪をかけて親しい感じがしたな。目に映る風景が似ているからでしょうけど。

翻訳という、もう存在する世界を歩くことは、「すべての感覚が開放されて、自分とは異質なものを次々と受けとめる」という状態と地続きのように思えます。自分ではない世界に身を置いて、自分のものではない言葉に次々と体を明け渡していくというか……単語から単語、行から行、ページからページへ進むのは、歩行の、散歩の快感にちょっと似ていませんか。

のぞみさんは先回、「学生時代から翻訳はやってみたいと思っていたけど」「翻訳家になりたいと思ったことはありません」と書いていましたね。

私も同じです。ただ、私の場合には、自分が翻訳をやってみたいかどうかを考えるより先に、翻訳が「現れちゃった」んだよね。

ここからは、前に、「追い追い書きます」と予告した、初めて翻訳をやったころの話です。一九八四年、私が二十四歳のときでしたが、大学を卒業して、どこにも所属せずに出版界の底辺で手間賃仕事をやっていたころ——フリーランスなんてカタカナ語では言えない泥臭い下請けだったけど——偶然、新日本文学会という団体の編集部に関わるようになりました。そこで声をかけられて、いきなり、文学作品の翻訳をやることになりました。

今思えば乱暴ですよねえ。でもこれは当時、朝鮮語をやっている人がどれだけ少なかったかを示しているんですよね。語学についていえば私は、大学内のサークルで三年ほど、仲間と一緒に勉強しただけでした。先生は立派な方だったけど、私は非常に熱心な学習者とはいえなかったと思います。原文で詩や小説を少しずつ読み、気に入ったものは「朝文和訳」を試みたりもしていたけど、レベルは推して知るべしだった。なのに「え、ハングル読めるの？　じゃ、やってみて」って。

あまりにも人がいないんで、適性はともかく、まあやってみようよ、それから考えればいいよ、という勢いだったのよね。時代のなせるわざだと思います。これが英語やフランス語やドイツ語ならありえないことでした。ですから、ここにもう世界の不均衡が現れているわけだけど。

私の他に、東京外国語大学の朝鮮語学科の現役の学生さんたちもいて、一緒に本を選んだり訳文を読みっこしたり、その人たちの知り合いの韓国人留学生に言葉の意味を聞いたりして、即席ワークショップみたいな雰囲気もありました。

ともあれ当時の『新日本文学』編集部には、光州事件直後の韓国のアンダーグラウンドで粘り強く展開されていた、伝統的な民衆文化と社会変革を結びつける動きを日本に紹介したいという方針があったのですね。音頭をとっていたのは評論家の久保覚《くぼさとる》さんで、私は、いくつかの詩と評論を翻訳しました。あのころ出会った人たちのことを思い出すと、翻訳は確かに文化運動の一部だった、特に韓国関係では濃厚にそうだったのだと思います。

実はこの前、そのことをめぐってとても面白いことがあったのよ。韓国人の文化人類学の研究者で金《キム》セッピョルさんという方とお話をしていて、韓国には詩人がすごく多いっていう話題になったのね。そしたらその方が「実は私の父も詩人なんですけど」とおっしゃるので、お名前を聞いてみたら、何となく聞き覚えがあるような気がしたんです。家に帰って、古い資料を引っ張り出して調べてみたら、やっぱりそうでした。私が八四年に一編だけ翻訳したことのある、金津経《キムジンギョン》さんという詩人でした（日本では、児童書が何冊も翻訳されているんですよ）。

当時の韓国では、検閲といたちごっこみたいな状況で、書いては投げ、書いては投げという攻防戦の中で詩が書かれていました。すっかり時代が変わって、そのお子さんと日本で出会うなんてびっくり。

その詩は「E・T」というタイトルでね、あの、映画のE・Tですよ。アメリカへの風刺を込めた作品でした。韓国という「発展途上国」へ、愛と平和を届けにやってくるアメリカ人たちが、詩人の目には宇宙人に見えたという内容なんですね。米兵たちもそうだし、それから、福音派の伝道師でビリー・グラハムという人がいたでしょ、何百万人単位の大群衆を集めて世界じゅうで巨大伝道集会をやってた人。彼は特に韓国で最大規模の集会を開いていたのですが、それについて金津経さんは、こう書いてました。

そのときソウルではせっかくの春が散りうせて
近くにいる者たちは無関心の中で
死に続けていた。

『新日本文学』一九八四年十一月号

実は、ここを読んでまたびっくりしてしまったんですよ。最後の「死に続けていた」という言葉について。

ここ、原文では、「死んでいった」「死につつあった」というぐらいの表現です。それを「死に続けていた」としたのは、明らかに、ある翻訳詩の影響を受けてのことでした。ペルーの詩人セサル・バジェホの、「群集」という詩です。一九三七年、バジェホの死の前年に書かれたもので、当時彼はパリに住んでおり、この詩はスペイン内戦と深い関わりがあります。

会戦の終わりに
戦闘員は死んでいた　彼のもとに男が来て
そして言った「死ぬな　こんなに愛している！」
だが死体はああ！　死に続けた

松本健二《まつもとけんじ》訳『セサル・バジェホ全詩集』（現代企画室）

この「ああ！　死に続けた」という部分が印象的なリフレインになっている詩です。今回引用した松本健二さんの訳書が出版されたのは二〇一六年なので、一九八四年当時の私は、おそらくドイツ語からの重訳である飯吉《いいよし》光夫《みつお》さんの訳（『集英社版世界の文学37　現代詩集』篠田《しの だ》一士《はじめ》編、集英社）で読んだのでしたが、そこでも「死に続けた」という表現は同じでした。

そして私はこの「死に続けた」という表現によほど感じ入ったのでしょうね。「E・T」を訳すときに思わずそれが乱入しています。何十年ぶりかで読んでみて、ああ、これはバジェホの残響だとすぐにわかりました。そして同時に、自分の語彙というのは、翻訳文学のつまみ食いで成り立ってるんだなということを再確認するに至ったのでした。

この翻訳をやったときは、特集の中に詩のアンソロジーを入れることが急遽《きゅうきょ》決まり、他にやる人がいないから、私が韓国書籍の専門店へ行って適当に目星をつけた本や雑誌を買ってきて、その中から読めるもの、わかるもの、いいと思うものを九編選んで訳したんです。私もいい度胸だと思うけど、やらせた方もいい度胸だよね。自分にとってその地面が固いのか柔らかいのかもわからないまま、足で探りながら踏み出して、一つ一つの詩を歩いてみた、生々しい思い出です。

何の経験もなかったのにこれだけ濃密な仕事をさせてもらったのだから、恵まれていますよね。でも私はしばらくしてこの団体を離れ、翻訳もやめてしまって、別に惜しいとも思わなかった。当時は、韓国語という言語にアプローチすることにさえ、否応なく一種の社会運動のような色合いが伴っていました。そのせいか、私はその後も韓国の作品を読みはしたけど、自分の欲求で翻訳をやるとか出版に結びつけるって発想はなかったんですよね（もちろん当時、出してくれるところもなかったに決まってるけど）。妙に禁欲的な感覚ですが、光州事件の直後だから当然かもしれません。とにかく「翻訳家になりたい」というような気持ちとはまるで接点がなかったのですが、のぞみさんのそれとは違っているかしら。

その後紆余曲折あって、韓国へ行き、帰ってきて、今につながる翻訳をやりはじめたのはすっかり時間が流れた二〇一四年で、ここからはまた全然別の話になります。

当然ながら、このころには全く事情が変わり、韓国語を学ぶ人の数も格段に増えていました。一方では韓国の文学もずいぶん変化して、日本での韓国文学受容のあり方が大きく変化しつつありました。そのタイミングで、翻訳をやってみないかと言ってくれたのは、パク・ミンギュの『カステラ』を出した一人出版社クレインの社長の文弘樹《ムンホンス》さんですが、この人も、新日本文学会の久保さんと同じくらい大胆だと思う。

そんなふうに、自分が翻訳をやりたいかどうかとはほとんど関係なく、ちょっと変わった人たちの力によって押されてきたんですね。偶然や、時代の変化や、自分の意志だけでなくひとさまの意志が混じった結果として、今翻訳をやっています。これは本当に不思議なことで、ときどき「何でこんなことやっているんだろう?」と思ったりしますよ。でも、個人ではコントロールできないいろんな理由の層の中で、自分の境界のようなものも滲んでいって、今に至っているような気がします。さっき書いた、バジェホの詩の一部が翻訳にぬっと現れたりしたのも、その予兆のようでもあるし。

先回、のぞみさんが、翻訳家になりたいと思ったことはないけど「翻訳している時間はとても好き」「訳した文章を見直して、手を入れ、仕上げていくのはもっと好き」と書いてくださったけど、私は、その時間そのものが好きといえるかというと自信はないんだな。楽しむ余裕がないからだと思います。でも、この、「すでにある世界」を丁寧に歩く感触は、私にとってとても必要なことで、二十代で一度放り出したのにそこへ戻ってこられたのは、本当に幸運だったと思ってます。

そしてごく最近、さらに面白いことがありました。

先日、きむ ふなさんと二人でハン・ガンの詩集『引き出しに夕方をしまっておいた』（クオン）を訳して、これはかなり面白い経験だったんだけど、それよりもっとすごいのを目撃したのです。

今年の第八回日本翻訳大賞の受賞作のうち一作が、韓国の本でした。『詩人キム・ソヨン一文字の辞典』（クオン）という面白いスタイルの本で、「개《ケ》（犬）」「강《カン》（河）」「밥《バプ》（飯）」

などハングルの一文字単語に添えられた詩やエッセイ三百十編を、辞書のように構成しています。キム・ソヨンだけでなく韓国の他の詩人や、ヴィスワヴァ・シンボルスカなど他国の詩人の作品も混じってくる、かなりのフリースタイルなんです。

　それを、作家の姜信子《きょうのぶこ》さんの監修のもとで、「一文字辞典翻訳委員会」というチームが翻訳したんですが、この委員会は何と、八人もいらっしゃるのよ（李和静《イファジョン》、佐藤里愛《さとうりえ》、中樹《シンス》浩《ホ》、田畑智子《たばたともこ》、永妻由香里《ながつまゆかり》、バーチ美和《みわ》、邊昌世《ほとりさよ》、松原佳澄《まつばらかすみ》）。

　このチームは、出版社クオンが運営する翻訳スクールの特別コースのメンバーです。『一文字の辞典』をテキストに、姜信子さんが先生になって（という言い方もたぶん、ちょっと違うんだけど）、みっちりワークショップをやった成果が本になり受賞したんですが、このチームの話が本当に面白かったんですよ。

　何しろこの本、作品一つ一つに訳者の署名が入ってない。どうしてですかと聞くと、要は「みんなでやったから」ということらしい。え？　だって三百十編もあるのに、と思うじゃない？　でも聞いてみると、通常の「分担」という言葉では説明できない方法で、とにかく「みんなで」仕上げていったらしい。だから個人署名がないの。

　この集団翻訳の本当に魅力的な全体像は『新潮』二〇二二年九月号に姜さんが「『詩人キム・ソヨン　一文字の辞典』、あるいはイカれた女どもの新世界」と題して書いてらして、それがまたしびれるんだけど、ここでは、私が伺った具体的な翻訳の進め方について少しだけ書いておきますね。それによるとこの翻訳では、ネットを最大限に活用したそうです。まずホームページを立ち上げ、その中に訳者一人一人のページを作り、訳文をアップし、全員で見られるようにする。ワークショップではそれをもとにみんなで対話しながらブラッシュアップ。そこへさらに姜さんのフォローが入り、納得いくまでやりとりして、その様子も全員が共有していったと。最終的に仕上げるときには三百十編を一応割り振りはしたけど、割り振って終わりじゃなく、その中でもあるものはみんなで一緒に練り上げる。そうやってやりとりするうちに、ゆるやかな共同体的なものができていった、のだそうです。

その共同体がどうやら、日本と日本語に根本的に向き合い、考える人たちの集まりになっていったみたいで、もう、ちょっと壮大な話なんですよ。その一端を、授賞式前にかいま見ることができました。授賞式で姜さんを入れた九人の皆さんに答えてもらうために、選考委員側で九つの質問を考えてお伝えしてあったのですが、その回答を作るために九人が取り交わした膨大なＬＩＮＥの一端を見せてもらいまして、「こういうふうにやったのか！」と。そのすさまじい量の対話の結果、授賞式での応答は、誰がどの質問に答えても全員共有のものになっていて、それが翻訳のときと同じだったんですって。

授賞式では、「訳文をめぐって意見が対立したら、どんなふうに対立を解消するのでしょう」といった質問もあったのですが、皆さんの話を聞いた限りでは、対立ということ自体がありえない、と。とにかくみんなで訳文を揉む、ずーっと話し合う、とことんいろんな意見を出し合ううちに落としどころは定まっていく、まるで宮本常一《みやもとつねいち》の「村の寄り合い」みたいに……そんな感じ。いろいろな資質の人がいて、それぞれに得意なことがあるのだから、揉んでいるうちに、自然とあるべきところに落着するのだと。
　ここに、姜信子さんの、受賞の言葉の冒頭部分を掲げてみますね。

互いにまったく知らない10人の女たちが、一文字の縁で出会ったことの奇跡を思います。(女ばかりであることの必然も思います)。この10人の中には詩人キム・ソヨンもいます。そして、「……気がつけば私たち、それぞれに新しい世界の言葉を思い描いていたんです。これは静かな革命なのでした」という言葉もありました。このチームは年齢もさまざまだし、韓国語のネイティブスピーカーもいるし、学習歴も本当にいろいろ。でもそれが決して上下、優劣という関係にならないチームなのが傍目《はため》にもわかって、何だかちょっと興奮してしまった。

　もちろん、このテキストが集団での翻訳に向いていたということはあると思いますが、どうであれ、「対立と止揚」といったプロセスではなく、補完・共助・知恵の出し合いというプロセスでこの集団翻訳がなされたこと、それが本人たちにとって全く自然であったことは、私にも何となくわかったんです。ふなさんと詩集の共訳をやったときのプロセスも「対立↓止揚」とか「対立↓譲歩」とか、そんなんじゃ全然なかったので。

今回はほんとに、翻訳のことばっかりになってしまいました。今回は、ぴょんぴょん話を跳躍させる体力がありませんでした（元首相銃撃事件にショックを受けてしまって……）。のぞみさんが五種類も持っている眼鏡についてももっとお聞きしたかったけど、次回にしますね。

だって私、眼鏡のこと何もわかってないんですよ。のぞみさんの手紙を読んで、そうか、眼鏡は使い分けるものなんだという初歩のことをやっと理解したくらいなんだから。

そしてここからは比喩的な話になるんだけど、私、韓国の小説を読んでから日本の小説を読むと、またはその逆でも、眼鏡の度数が合わないみたいな、ちょっとくらくらする感じになるんです。たぶん両者の間で、社会の中の個人をとらえる遠近感が違うので、そのせいかなと思うのですが。そのたびに、あ、眼鏡、眼鏡、これでいいのかなって思います。

そして最後に。先回の手紙でのぞみさんが、「考えるときは「自分のことばで」、書くときも「自分のことばで」と考え、「それが自分の活動のフロント（前線）になった」、と書いてらしたこと。さすが一九六八年だなと思いましたよ。そして、私はおそらく、そんな凝集力のある一瞬を通過した経験がないかもと思いました。この話も継続したいなあ。

斎藤真理子

二〇二二年七月十四日

二〇二二年八月

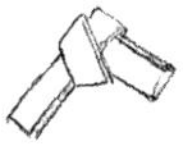

翻訳を詩から始めた真理子さま

翻訳工房の扉を開けて、またコツコツと作業する日々が始まりました。訳しているのはJ・M・クッツェーの新作です。

わたしの場合は真理子さんのように、システマチックに作業工程を共有する仲間がいないため、基本的にひとりでやりくりします。だから本が船出するペースはとてもゆっくり。これまで訳した冊数を考えると、はたして「翻訳家」といえるのかと思ったりもします。ひそかに冊数じゃないよなと強がりをいってみますがスッキリしません。

たぶんそれって、あの藤本和子さんでさえ、翻訳家というのは何百冊も訳書のある人のことをいうでしょ、だから自分は「翻訳家」といわれるのはなんだか、といっていたことと関連があるかもしれません。藤本さんのそのことばを聞いたとき、「翻訳家」という肩書きはある程度の冊数を訳してから使うものだとインプットされたようです。使わざるをえなくなって、使っているうちにだんだん慣れてはきたけど、「翻訳家」と自分の肩書きにあるのを見ると「なんだかなあ」と落ち着かなくて、もやもやと不穏な雲がわいてきました。でも人は「やっているもの」になっていくんですよね。

そうそう。自分の訳した本を「拙訳」というのはなんだかおもはゆいから、いっそ「拙者訳」というのはどう？　といって「拙者訳」を広めたのは真理子さんでしたね。それがとても面白くて、可笑《おか》しくて、やったあ、と思いました。

今回は、真理子さんの前回のお手紙に刺激されて、その翻訳についてあれこれ書いてみることにします。

真理子さんが「翻訳している時間」について、編集とくらべて「平穏」とか「平和」に近いと書いていたのを見て、はたと膝を打ちました。何もないところに「世界を作る」編集作業とちがって、翻訳はすでに完成されたテクストと向き合い、その世界を「丁寧に歩いていく時間」だから、というのはその通りですね。テクストがどれほどギザギザでとんがっていても、どれほど激しく波打っていても、とにかくすでに書かれて「そこにある」ものだから、それを他言語へ移していく作業はとても静か。「翻訳という、もう存在する世界を歩くことは、「すべての感覚が開放されて、自分とは異質なものを次々と受けとめる」という状態と地続きのよう」というのを読んで、そうそう！　とうなずいて顔をあげると、地続きの見晴らしがぐんと良くなっていました。

　翻訳は自分を掘り返して外へさらさずに「書く」ことへ向かえるので、自分の文体を作る修業になったと書いていたのは須賀敦子《すがあつこ》だったでしょうか。すでに完成された文章を、あたかも自分が書いたかのように日本語にしていく。これほど完璧な「形而上《けいじじょう》学的逃避行」はありません。とりあえず自分のことは棚に上げて、その片鱗《へんりん》だけを、知らんぷりして文章内に滑り込ませる快楽を味わえるのですから。

　真理子さんが初めて「翻訳」を依頼されて韓国語の詩を訳したときのことを読んで、ハッとしました。一九八四年というのは、わたしが藤本さんに会って、翻訳を目指すことを「宣言」した年でした。それでね、『新日本文学』というのを目にして、またハッとしたんです。最初に翻訳したアリス・ウォーカーの詩は『新日本文学』に掲載されたんだったか、『詩学』だったか。残念ながらどちらも手元にないので確認できないんだけれど。どういう経緯でそうなったのかも思いだせない。ひょっとしたらあのころ、じつは真理子さんとどこかですれちがっていたのかも？　E・Tというのもおぼろに……と過去への妄想が膨らみます。

その少し前に『ラ・メール』（思潮社）という詩誌が刊行されました。子育てトンネルを手探りで進んでいたころで、外の世界にとても刺激的な光が見えたと思ったのを覚えています。実際に関わることはなかったけれど、その詩誌のカバーをめくったところに見開き広告として載っていたのが、朝日新聞社出版局から出た『北米黒人女性作家選』（全七巻）だったんです。それでオオッとなった。

同人誌『火の中の輪』のことを知ったのも『ラ・メール』でした。詩人の乙益由美子《おとますゆみこ》さんが中心となっていたこの同人誌には、ぱくきょんみさんもいた。ここなら隅に置いてもらえるかも、とおずおずと仲間に入れてもらいました。『火の中の輪』は断続的にかなりの号まで続いて、毎号裏表紙をめくると岡崎乾二郎《おかざきけんじろう》さんの四コマ「文学まんが」が載っていた。そのぶっ飛び方が半端じゃなかったんです。すごかった。全号もっていたのに、引越しのとき本の荷造りを家族に頼んだら、指示が逆に理解されて捨てる箱に入れられたらしく、これもまた手元に残っていません。『水牛通信』も創刊準備号からすべてそろっていたのに、同じ運命をたどりました。

その『水牛通信』にウォーカーの短篇集から訳したことがあったな、と思いだしてネット検索すると、ありました！　一九八五年八月十日号ＰＤＦに「エリシア」の拙者訳が載っています。『水牛』ってすごい。八巻美恵さんありがとう。初めて読むような奇妙な感じで読んでいくうちに、じわりと思いだしました。

アメリカ南部の物語です。エリシアは主人公の名前。「彼女の生まれた町に、昔一人の男がいた。男の祖先は、代々大きな農場の持主で……町の中心を走る賑やかな通りにレストランを開いて」、その店に「オールド・アンクル・アルバート」という名前をつけた。そして店のウィンドウにアンクル・アルバートそっくりの人形を飾っていた。その人形があまりにリアルで、いつも噂になっていた。どうしてこんなに爪の先までリアルなんだろうと不審に思ったエリシアが、店のキッチンで働いているとき調べてみた。すると、なんとそれは剝製だったんです。人間の中身をくり抜いて作ってあった。アメリカインディアンの剝製というのも博物館にはあって、恐ろしかったとエリシアは語っています。

エリシアは、ハイスクールの友達連中と夜中にウィンドウから剝製のアンクル・アルバートを盗みだし、学校のゴミ焼却炉で注意深く焼いて弔います。さらにこのことを忘れないため、各人が遺灰を小瓶に入れて持ちあるくことにする。そんな六〇年代公民権運動時代を彷《ほう》彿《ふつ》とさせる物語でした。その号には、本のカバーですがアリス・ウォーカーの顔写真も載っていました。

藤本和子さんは北米で黒人女性の話を次々と聞いて歩き、作家トニ・ケイド・バンバーラに行き着いたと書いています。藤本さんと同年生まれのバンバーラは地域社会《コミユニテイ》のための活動家でもあった。バンバーラは一九九五年にがんで亡くなってしまうのですが。藤本さんは『新日本文学』のような「文学運動」は必要よ、ときっぱりおっしゃっていた。彼女自身も『新日本文学』の編集に関わった時期があったのでしょうか。久保覚さんとも旧知の仲だったと聞いています。

同人誌『火の中の輪』は九〇年代まで続きました。詩誌の名前がフラナリー・オコナーの短篇から採られたこともあって、そこにウォーカーのエッセイ集『母たちの庭を探して』からオコナー論を訳したりしました。ウォーカーのあのエッセイ集は啓示的だったなあ。田舎から逃げるように都会に出て「根が切れたこと」や二十代に受けたダメージで無意識に衰弱していた者が、ウォーカーのエッセイ集という「庭」で、自分の「母の庭」に咲いていたものや、母の母が沈黙のうちに咲かせつづけたものに別の角度から光をあてて考えることができた。これもひとつのunlearnでした。(このエッセイ集は九〇年代に入ってから『母の庭をさがして』『続・母の庭をさがして』(東京書籍)として荒《あら》このみ氏と葉月陽子《はづきようこ》氏の訳で出版されました。)

あらためて「文学運動」に含まれる「運動」の文字をじっとにらんでみます。学生運動を横目でながめていたころから集団は本当に苦手でした。集団にはリーダーがいて縦の関係がしっかりある。いったんメンバーになると、集団を維持するために命令や指令に従わなければならない。自分の考えとちがうことをやれといわれたら絶対にやらない、やれないので、いっさい近づかなかった。でも「翻訳はたったひとりでやる文学運動」という藤本さんのことばを聞いて、それならできると前向きになれたんです。

だから、テクストを集団で翻訳し、第八回日本翻訳大賞を受賞した『詩人キム・ソヨン一文字の辞典』のことを聞いたとき、とても驚きました。奇跡のよう。

でも思い起こせば、わたしにも短いながら関わった「運動」がありました。ズールーの民族詩人マジシ・クネーネの叙事詩を訳していた八八年、あまりに南アフリカの事情がわからなくて、日本での反アパルトヘイト運動の中心にいた楠原《くすはら》彰《あきら》さんに会いにいきました。そして気がつくと、その東京グループ「アフリカ行動委員会」の集まりに足繁く通っている自分がいたんです。何度も書いてきたことですが、真理子さんの「書いて、書いて！」という声に背中を押されて書きますね。

ちょうど下の娘が小学生になった年で、ある種の解放感があったらしく、積極的に外へ出るようになっていました。週一回のミーティングのために、東京西部から恵比寿まで出かけていったり、週末はあちこちで集会に参加するという感じでした。「ニューネーション」や「ウィークリーメール」といった南アフリカの反骨精神旺盛な週刊新聞から、仲間に助けられて、記事をざっくり訳してニュースレターに載せはじめたのもこのころです。

翌八九年は勢いづいて、一月に国連主催の反アパルトヘイト会議出席のため、ジンバブウェのハラレまで行ってしまいました。「国内難民となった女性と子供」がテーマだったせいか、女性メンバーが出席するのがいいということになったんです。その報告のため雑誌のインタビューを受けたり、南アからやってきた演劇「アシナマリ（俺たちには金がない）」のシナリオを木島始《きじまはじめ》さんに声をかけていただいて分担して訳したり、その案内役としてTV番組「11PM」に出たりしました。このときはあとから編集されない生放送と確認して出ました。この年はまた、夏に南アから三人の女性たちを招いて、大勢の人たちと全国縦断で「南アフリカ女性の日」キャンペーンをやった怒濤《どとう》の一年でした。どこかで真理子さんがわたしの姿を見たのはそのころかもしれませんね。

それにしても集団嫌いだった人間がなぜ、この運動に関わることになったのか不思議です。時がすぎて振り返ってみると、その理由がぼんやり見えてきます。そのことを考えるためにブログ「エスペランサの部屋」に書いた文章を、一部加筆して引用しますね。

特筆にあたいするのは、日本における反アパルトヘイト運動が、それまでわたしが抱いていた「運動」のイメージを快く裏切ってくれたことだ。つまり、組織特有の束縛が一切なく、あくまで自発的個人の意思による活動の場として確保されていたのだ。これは六〇年代末の全共闘に端を発する運動がセクト化してやせほそり内向きになっていくのを学内でちらちら横目で見ていた者には、じつに新鮮だった。

だから、集団がからきしダメというわたしのような人間もすっと入ることができた。つまり、あの運動は「あ、それ、わたしがやります！」と手をあげて事実やってしまう人間の集まりであり（そのなかでみんな力をつけた）、命令とか指令とか動員とか、上下関係とか、初心者とかベテランとか、先輩とか後輩とか、そういうものとは無縁だった。人と人の関係が、いわゆる「縦系」の縛りから完全に解放されていたのだ。

きみもぼくもわたしもあなたも、来る者はこばまず、去る者は追わず。ほんの数年ではあったけれど、のびのびと、やりたいことをやらせてもらったように思う。自分の仕事ともリンクさせることができたし、大いなる学びの場となり、面倒な人間関係もおなじ志を仲立ちにしてのりこえ、深めていけることも学んだ。だから、心地よく裏切られたり勘違いしたりしたこともあったけれど、恨みとか怨嗟《えんさ》とは無縁だった。世はバブルたけなわ、喧噪《けんそう》とは縁のないわたしの三十代から四十代にかけての例外的事件だった。

各地で思い思いに立ち上げられた小さなグループを緩やかに運動は繋いでいた。東京のグループ「アフリカ行動委員会」の実質的中心人物が楠原彰さんだった。

こうしてみると、あのころはなんと牧歌的だったのだろうと思わざるをえません。

真理子さんが前回の手紙のなかで「韓国の小説を読んでから日本の小説を読むと、またはその逆でも、眼鏡の度数が合わないみたいな、ちょっとくらくらする感じになる」と書いているのを読んで、反アパ運動に関わっていたころのことを考えました。眼鏡はまだひとつしかなかったけど、「ことばの伝わらなさ」に思い切りぶつかったなあと。視界が二重、三重にぶれて見えた。南アから出てくる記事を実直に訳しても「伝わらない」。人種差別に抗議する人たちの切羽詰まった真っ直ぐな物言いをバブル時代の喧噪のなかに投げ込んでも、かき消されてしまう。自分はなにをやってるんだろうと思うことが何度もありました。切迫性にすごく落差があったんです。SNSなんかまったくないころで、とにかく軽くておしゃれな見立てや、歴史性を根切りする水平思考なんてのが流行っていた。日本語読者に合わせて原文のエッジを少しだけ削ったほうがいいのかと悩んだ時期は、今世紀初めころまで続いたと思います。

真理子さんのいう「くらくら」とは直接関係ないかもしれないけれど、ファン・ジョンウンの『年年歳歳』は登場人物が個人として立体的に彫刻されていて、関係性を重要視する語——母、娘、姉、妹、息子、夫など——が先行しませんよね。集団としての「家族」の物語ではなく、あくまで個人の物語として、個人と個人の関係として描く、その描き方をとても興味深く読みました。主語に「イ・スンイル」「ハン・ヨンジン」「ハン・セジン」と、どこまでも固有名詞が使われています。「彼」「彼女」という性別を示す語も極力使わないようにしている。最後の章にその理由がパッとわかる瞬間があって爽快でした。この作品はわたしにとって今年上半期の三冊に入りました。

下半期が始まってすぐに出た『韓国文学の中心にあるもの』（イースト・プレス）、これはもう、書いてくれてありがとう！　ということに尽きます。東京に出て山手線の駅の狭い階段をバックベルトの固いサンダルで上り切ると、目の前の歩道にビアフラ戦争の飢餓の子供たちの白黒写真と募金箱が並び、車道にはできたばかりの「勝共連合」の横断幕を広げたトラックが止まり、たどり着いた大学キャンパスには「65年日韓協定粉砕」と書かれた「立て看」があった六八年。それ以後、韓国語からの翻訳作品は飛び石のように読むだけで、深い森に分け入る道が見つからない、とぶつぶついってるうちに時間切れになりそうな者にとって、これほどありがたい本はありません。ひょっとしたら森の入り口あたりまでたどりつけるかもしれない、そんな希望がうっすら感じられるのですから。終章で引用されているハン・ガンの『回復する人間』をまた読み直したくなりました。

ここ数年、藤本和子や森崎和江の著書が立て続けに復刊されるようになりましたが、この藤本和子ルネサンス、森崎和江ルネサンスともいえる現象はなにを意味するのでしょう。

森崎和江は九州の炭鉱で働く人たちや「からゆきさん」の声とことばを全身で受け止めようとした人でした。藤本和子はアフリカからアメリカスへ奴隷として連行され強制労働を強いられながらも「人間として生き延びた」人たちの集団的記憶に耳を澄ませた人です。もちろんそれを「書く」という特権的な行為に収斂《しゅうれん》できる立場にあったからこそ、その重責を自覚的に引き受けることができた。その作品群がいま読まれているのは、それを求める「歴史的な水脈」がどこかで合流したからなのか、底に流れる命の水を必要とする人が手を伸ばそうとするからなのか。底辺近くにいる人たちの状況を語る、未分化の、濃密なことばをつかみなおしたいと切実に思う人が、格差の広がった社会で一定数まとまって出てきたということなのか。とにかくそれまで見えなかったものが見えてくるのであれば嬉しいのだけれど。

九月には岸本佐知子さんの解説付きで藤本和子のエッセイ集『イリノイ遠景近景』（初刊は新潮社）がちくま文庫から復刊されます。涼しくなったらぜひお祝いしましょう。塩食い女たちが祝杯をあげる日は近いと信じて、ここではとりあえず反アパ風チャントを叫んでおきます。


――ヴィーヴァ！　藤本和子ルネサンス、ヴィーヴァ！

話は少し戻りますが、アパルトヘイトが終焉《しゅうえん》に向かったのは一九八九年十一月にベルリンの壁が崩れたころです。翌年二月にネルソン・マンデラが二十七年の獄中生活から解放され、十月に来日しました。この間の日本国内の変化はすごかった。ハンドルをしっかり握らず急カーブを切るような感じだったように思います。アパルトヘイトにしがみつく南ア政府に経済制裁を課す国際的な動きに最後まで加わらず、八八年には、前年の対南ア貿易額が世界一になって国連総会で名指しで非難された日本。「名誉白人」という不名誉で不快な称号も返上できなかった。女たちは南ア産のプラチナを買い漁り、若い男たちは三か月分の給料で恋人のためにダイヤの婚約指輪を買えるとCMで煽《あお》られた。それが手のひらを返したようにマンデラ歓迎一色になり、すぐに波はすうっと引いていった。ここにもまたひとつの「恥」の忘却があるのではないかと思います。アパルトヘイトは人種による歴史的な経済搾取制度なのに、遠い国の人権問題としてのみとらえられていたんですよね。

この時期は大雑把にいうと、「ユートピアへの憧れ」が終焉を迎えた時期でもあった。十九世紀ロマン主義が生みだした「天才」という概念もまた過去のものになっていった。成熟する前に病いで若死にした天才たちにも、女性がもっぱら憧れの対象《オブジェ》と見なされたワンサイドうっとり系の感情にも、新たな光が当てられていきます。

クラシック音楽でいえば、シューベルトの『冬の旅』をイアン・ボストリッジが距離感をもって歌ったのが一九九四年で、彼は二〇一五年に『冬の旅』のストーカー的オブセッションを解剖する分厚い本まで書いています。日本でも二〇〇五年に高橋悠治《たかはしゆうじ》さんと斎藤晴彦《さいとうはるひこ》さんたちが「日本語で歌う「冬の旅」」でほろ苦い笑いを醸しだしました。

前置きはこれくらいにして、J・M・クッツェーの新作『The Pole』（『ポーランドの人』白水社）の話をさせてください。登場人物はショパン弾きとして名を馳せてきたヴィトルト、自分は「ピアニスト」ではなく「ピアノ弾き」だというポーランド人です。

バルセロナに招聘《しょうへい》されたヴィトルトは、人生の暮れ方に差しかかったいまは独り身の男性で、アテンド役の女性ベアトリスに一目惚れして、ワルシャワに帰ったあとも不自由な英語でせっせとラブレターを書き送ります。銀行家と結婚して、息子もいるし孫までいるベアトリスは、ばかばかしいと思いながらなぜかピアノ弾きの申し出を無視しきれず、マヨルカ島の別荘に彼を招きます。あたりにはジョルジュ・サンドとフレデリック・ショパンの亡霊がふわふわと漂って。

「あなたは安らぎ《ピース》をあたえてくれる」と七十二歳のピアノ弾きはいう。ベアトリスは、病弱だったショパンはケアしてくれる女性に頼って生きていたけど、この人が必要としているのは「マザリング?」と思ったりする。高齢の男性がひたすら追い求める恋情を、「憧れ」の対象となった現代女性がクールに分析しながら自分の内面にも光を当てていく、八十歳をとうにすぎた男性作家のひねりがすばらしく、行間からかすかに音楽が聞こえてくる作品です。リングア・フランカ（共通語）としての英語で書かれているけど舞台はスペインやポーランド。英語版の情報はまだ未公開ですが、七月にまずスペイン語版『El Polaco』が出ました。

そんなわけでコロナ第七波の酷暑の夏は、ショパンのプレリュードやマズルカをざぶざぶ浴びるように聞き、軽やかなクッツェー文体に揺られてマヨルカ島の海辺や僧院に思いを馳せ、「極上のリモンチェッロ」を舐めるようにちびちび翻訳してリベンジとします——って、みんなに会えない悔しさのあまりカッコつけすぎだよね、これ！　元気でね。

二〇二二年八月十日

くぼたのぞみ

二〇二二年十月

「牧歌的」だったあのころにお会いしてること確実なのぞみさま

『アメリカの鱒釣り』（リチャード・ブローティガン、藤本和子訳）は、表紙が怖い。私にはあの写真が、ダイアン・アーバスと同じカテゴリみたいに感じられます。それは多分、私がブローティガンを読むようになって間もなく、彼が死んでしまったからだと思います。

前回ののぞみさんの「ヴィーヴァ！　藤本和子ルネサンス、ヴィーヴァ！」を受けて、藤本さんのことを書いてみようと思い、『アメリカの鱒釣り』を探しました。やっぱり、あの本の「訳者あとがき」は前代未聞にすごかったと思うから。でも見つからなかったので、新しく新潮文庫版を買いました。届いた本の表紙を見たら、やっぱり怖かった。ブローティガンが水の底からこちらを見ているような気がしたんです。

『アメリカの鱒釣り』の晶文社版の単行本が出たのが一九七五年。この往復書簡の一通めにのぞみさんが、「ヘロヘロOL時代」に刊行されて間もないこの本を読んだことを書いていましたよね。そのころ私は新潟の中学生で、身近に新しい本のことを教えてくれる人などいなかったから、『ブッデンブローク家の人びと』なんか読んでいたよ。何と調子外れの読書女子だったのだろうか（「文学少女」という言葉が嫌いなのでこう書きました）。ともあれ、藤本さんがブローティガンの翻訳を初めて手がけてから、もうすぐ五十年になるんですね。

一昨年にちくま文庫で復刊された『ブルースだってただの唄』の解説に、私は、こんなことを書きました。

『塩を食う女たち』が一九八二年に刊行されたとき、私は店頭で見るなりそれを買った。そのときは藤本和子が誰だかも知らず（だからリチャード・ブローティガンのすばらしい翻訳についても何も知らない）……。

私は、『塩を食う女たち』がどんなに自分を励ましてくれたかを言いたいあまり、「ブローティガン以前に藤本和子に出会った」ということを強調したんですが、翻訳文学や翻訳という仕事について考えるとき、ブローティガンと藤本さんのことは絶対にはずせませんよね。私は自分が翻訳を仕事にするとは思ってなかったので、のぞみさんや岸本佐知子さんとはまるで濃密さが違うのですが、ブローティガンについては思い出があるので、そのことから書きます。

『塩を食う女たち』を読んだ直後に、藤本さんってどんな人なんだろうかと思って、『アメリカの鱒釣り』を読みました。そのときは、へえー、こんな書き方があるんだ、こんな正体不明のぐにゃぐにゃさに脳を預けてもいいのかと、そんな印象だったと思います。もちろんそれは藤本さんの解説を読んだからなんでしょうけど。あの解説には、どの方向から読んでもいいのだと、読者を安心させてくれるようなところがあったね。

そしてそれから間もなく、私、ブローティガンに偶然会ったことがあるんです。

最初に断っておくと、この話、今までにも何人かの人にしたんだけど、どうも、聞く人をすごく居心地悪くさせる話らしくて、「あ、ああー」って感じでスルーされるのね。だからのぞみさんも、嫌だと思ったらスルーしてね。

下北沢で、音楽や演劇関係の大人が何人かで飲んでいて、そこにたまたま私も混ぜてもらっていたんでした。八三年の一月か二月だったと思います。ブローティガンはごく穏やかで、リラックスして、その場を楽しんでいるように見えました。

やがて「君は何者」みたいな流れになって、私は、自分はKorean Literatureに関心を持って勉強している者だ、ぐらいのことを答えたんです。そしたらいきなり、ブローティガンがすさまじい剣幕で怒鳴り出したの。そのときの戸惑いといったらね。ブローティガンは嫌悪の感情を顔と動作にはっきりと表して、私にではなく、自分の隣にいた女性に向かって大声で何かを訴えていたんだよね。ほとんど聞き取れなかったけど、私がこの場に地獄を出現させてしまったことは確実で、他の人たちも困っているし、第一、あれだけ体の大きい男性が怒り狂っていたら、それだけでも怖いんです。

　やがて、ブローティガンの隣にいた女性が私に向かってすまなそうに、「あのね、彼は、自分はコリアンが大嫌いだと言っている。自分の友達が朝鮮戦争でコリアに行き、そこの女性にひどい目にあわされたので、それで大嫌いなのだと、言っている」と教えてくれました。

　私には、その言葉の意味さえ消化できなかったと思う。別の惑星から攻撃を受けたみたいな感じで、頭の中、真っ白だったから。早くこの時間が過ぎてくれればいいがという思いしかなく、反論なんて思いもよりませんでしたね。そのときになってやっと、この人は相当に酔っているんだとわかった次第で。だからその日、どうやって家に帰ったのか、何も覚えていないんです。はっきりしているのは、あの日、私にブローティガンの言葉を通訳してくれた女性以外、そこにいた大人たちの誰も私を守ってくれなかったということです。

　ブローティガンが拳銃自殺したというニュースが入ってきたのはその翌年、八四年の秋でした。アパートの床に寝ていて、ラジオで聞いて愕然としたような記憶があるんだけど、ラジオでそこまで詳しくアメリカの作家の訃報を報道するかな？　このへんまで来ると記憶が捏造《ねつぞう》されているかもしれません。でもとにかく、ブローティガンが一人で、自分で死んでいたということを聞いて、とても悲しい気持ちになりました。「気の毒に」という一言に尽きました。あの飲みっぷりはやはり尋常ではなかったとも思ったし、私自身にも八三年と八四年とでは変化が起きていて、ちょっと大人になり、ちょっと憂鬱になっていたから、なおさらそう感じたんだと思います。

Korea という言葉がなぜ彼をあんなに刺激したのか、結局、はっきりとはわかりません。ブローティガンの本のどれにも、朝鮮戦争に行った友達という存在は出てこないみたいだし（作品をすべて読んだわけではないから定かではありませんが、そういう記述があれば、韓国の作家が言及しているはずだと思います）、ほんとのところはわからない。中身が減った、ねじ曲がった絵の具のチューブを、変な角度で押したり、踏んづけたりしたら、思いもよらないところから中身がぐにゃっと出たりするでしょ、そんな感じじゃなかったのかな。今になってみると、あれは韓国や韓国人に対して怒っていたんじゃないだろうという気がします。そして、『アメリカの鱒釣り』の表紙の写真は、あの世でもう怒ってなければいいがという感傷的な印象とともに記憶されることになりました。

改めていうまでもないけど、「鯨が生んだ鱒」というタイトルのついた、藤本さんのあの訳者あとがきがなかったら、ブローティガンが後に日本でこれだけ親しまれ、読まれることはなかったのでしょうね。のぞみさんが書いてくれた藤本さんの言葉「翻訳はコンテキストが命」は、この文章に凝縮されていると思う。「鯨が生んだ鱒」っていうタイトル、ほんといいと思う。魚が跳ねるような生きの良さで、ひょっとすると『白鯨』を読んでなくてもわかるかもしれない鮮やかさで、アメリカ的男らしさのゆくえを見事に解き明かしている。でも、もしもこの文章がそこから書き起こされて、スマートな文学評論のていをなしていたら、魅力は半分になっていたかもしれないとも思います。

そうではなくて、サンフランシスコで翻訳にとりかかる藤本さん自身の描写から始まり、次に、「おまえは野蛮なシナジンだな。文明を知らない、野蛮のシナジンは、シナへ帰れ！」「あんたっ！　非米的悪の者ども、シナジン、シナジン！　地獄へおちろ。この、非米的アカ」と怒鳴られる藤本さんが描かれていました。そのことに、二重三重に度肝を抜かれました。

わたしは、なるほど、非米的アカかもしれない。だが、中国人かな。けれども、中国人と見まちがわれたということは、全くどうでもよかった。中国人がののしられていたのだ。そして、わたしがののしられていたのだ。

ここには、ある小説やある作家の受容の仕方だけでなく、ある文明の受容の仕方までがさらっと書かれている。このアメリカ小説を読むのはどこの誰か？　という視点を無視せず、藤本さん自身の体験を投入して、ぐっと視点を凝縮していますよね。続いて、ポーツマス広場にいる中国広東省からやってきた男性たちの肖像が描き込まれて（この話は、ついこの前またちくま文庫に入った『イリノイ遠景近景』の、「金山の天使島」というエッセイにも出てきましたね）、視点をじわじわと広げていく。

そしてここでも、ポーツマス広場の公園庭師からの聞き書きの一部が翻訳引用されていて、ああ、このときから藤本さんは聞き書きを大切にしていたんだなとわかります。そうした道筋を経てようやくブローティガン自身が登場し、その後で、作品論が始まる。一度始まったらそれはもう縦横無尽で、詩が引用され、メルヴィルが引用され、ヘミングウェイが引用される。そして気づいたら、これはもう、ブローティガンが藤本さんを内包してるのか、藤本さんがブローティガンを内包しているのかわからない。とにかく作家性の高いあとがきで、こんなに自由なのにこんなに原則的だという驚き、新鮮な印象は今も変わりません（この「原則的」という言葉の使い方が古いと自分でも思うけど）。

のぞみさんが前に書いた、「訳者あとがきってノイズ？」（『図書』二〇一八年五月号）には、「訳者あとがきは、そばにあるのに見えなかった世界を示す広角レンズになる。広い視野から世界を見渡すパースペクティヴ装置にもなる。「コンテキストがすべて」とは、そのことを言っているのだろう。それは日本語文学に風通しのよさを吹き込む「同時代性」をも指差している」とありましたね。「鯨が生んだ鱒」は、その最高峰なんでしょう。

私も、パースペクティヴを備えた訳者あとがきを書きたいといつも思っているけど、同時に、それを「お勉強のすすめ」「お説教」ではなく書くことは何て難しいんだろう。特に朝鮮半島のことが対象だと、いつもそれが難関めいてしまう。

先回のお手紙でのぞみさんが触れてくださったファン・ジョンウンの『年年歳歳』は、ある程度聞き書きをもとにしたものですが、朝鮮戦争の記憶が大きなモチーフになっていました。人々が戦争のときにどう行動し、どこを通って避難したか、どうやって死にあるいは生き残ったかが計算されつくした筆致で描き込まれていますが、文の表面にあらわれた記憶の点と点をつないでも線にはなりません。切れ切れの線であっても、ネイティブの読者には把握できるでしょうが、翻訳で読む人は、相当に詳しい歴史の知識を持っていない限り非常に難しい。特に子供の目から見た不連続のクローズアップが多かったので、解説で補わずには到底、無理でした。

朝鮮戦争という、日本にいてはなかなか想像しづらい戦争の体験は韓国の社会の随所にしみついているし（何しろまだ戦争が完全に終了してはいないので）、それ以外にも、例えば「チョンセ」という韓国にしかない不動産賃貸方式があって、これは単なる生活習慣というより、彼らの資産形成、ひいては人生設計、生き方そのものに深く食い込んでいます。その「食い込みぐあい」を物語ごとに見定めて、必要と思ったときには訳注を入れたりあとがきで詳説するけど、そんなのも全部、余計なお世話で、小説を味わう上ではむしろ邪魔になると思う人もいるでしょうね。歴史的・社会的背景がわからないと理解できないのは良い作品ではありませんって、言われたこともある。

そのどっちもわかるけどねと、口ごもりつづけるのが今の仕事だなと思っています。のぞみさんは、「いちいち説明しなくても、読者がすでに作品の背景や文化をある程度知っている、あるいは知らなくていい、という前提が暗黙の了解としてある。それがいかに特権的なことか」と書いていましたね。私も同意します。と同時に、それを「特権」とはあまり思っていなくて、そのことを意識している人としていない人がいるのだと思っています。

何より、作品の社会的・歴史的背景に着目すると小説の面白さが目減りするかのように思っている人が意外に多いことが私には驚きで、でも、小説とか物語というものはそんなに脆《ぜい》弱《じゃく》なもんじゃないと思うんですよね。翻訳を読むということは、その作品とだけ向き合うというより、その作品を受容した社会と向き合うことでもあるんでしょうから。

とはいっても、訳者あとがき、いつも、苦労しますよねえ。訳者あとがきって、最後の最後に、作品の「行間」に対して何ができるかということのような気がします。翻訳が歩くことだとすれば、訳者あとがきを書くのは、歩いた果てにとりあえず到着した土地にテントを張って、野営することとみたいね。そこで夜になったから、そこで決着をつけなくちゃいけない、みたいな。何より、それを書くころにはたいてい「夕鶴」の「つう」みたいな状態——自分の羽を抜いて機織りしてきてへとへと、ぼろぼろの状態ですもんね。作品のことが少しはわかってきた気もするけど、まだクリアにならないところは多々あって、あと少し時間があればと思うけれども、いつも時間切れ。

『韓国文学の中心にあるもの』は、そういう、時間切れで書けなかったことを整理するような気持ちで書いたものでした。私としては、海外文学をよく読んでいて、ベトナム戦争のことは何となく知っているけどそういえば朝鮮戦争のことは知らないなあ、というような人にあの本を読んでもらいたいと思ったけど、結果としては、もともと朝鮮半島に関心を持っていたり、知らなくてはいけないと思っていた人が多く読んでくれたみたいなので、私の目論《もくろ》見《み》ははずれたのかもなあ。でもまあ、「翻訳といえば英語」という世界がそんなにすぐに変わるはずもないので、そんなもんだと思う。何十年もかけて変わっていくのだろうと思います。

依然として朝鮮半島のことは、日本人にとって、読んだり聞いたりする以前にもう叱られている気分になっちゃうような、そんなテーマなのかもしれない。だって、例えば藤本和子さんだって、朝鮮半島のことについて書くときは、ちょっと筆致が変わるんだもの。『砂漠の教室』で藤本さんは「わたしは、たとえば、朝鮮語を学ぶべきだと、頭では知っている。けれども、それはおそろしいことだ。学んだところで、いまのわたしになにができるのか」って書いている。これは森崎和江の仕事に寄せて書かれたものですね。私たちの好きな藤本さんのユーモア、伸びやかさ、愉快な気分はここにはないみたいでしょう。

そして、のぞみさんが藤本さんと初めて会い、ブローティガンが亡くなった一九八四年、土曜美術社のシリーズ「日本現代詩文庫」に入った『森崎和江詩集』には、藤本和子さんの解説が入っています。この解説は「まるのままへの渇き・そして欠落の意識化へ――森崎和江論の小さなこころみ」というタイトルを持っていて、タイトルの長さからして藤本さんの思いの大きさがわかります。これは、藤本さんの最も充実した文章の一つとしても、森崎和江さん関連の重要な文章としても特筆すべきものだと思うから、どこかで読めるようにしてほしいと思うんだけどね。
その冒頭は、こんなふうです。

森崎和江さんは自らの肉を刻むようにして詩を書き散文を書いてきた女性だ。「二つのことば・二つのこころ」を記し終えた時、もし森崎さんが息絶えてしまったとしても不思議ではなかったと、私は読み返すたびに思う。

私これを初めて読んだとき、えっ、藤本さんってこんなにパセティックな論の起こし方をする人だったかしらと思って、驚いた記憶があります。あんなに自由闊達《じゆうかったつ》な書き方をする人でも、こと朝鮮がかかわるとこうなるのかと……。だって、『チャイナタウンの女武者』（マキシーン・ホン・キングストン、晶文社）のあとがきではこんなことはないんだから。中国に対するときと朝鮮半島に対するときでは、私たちは変わるのですよね。何て忠実に、歴史に規定されるのだろう、我々は。でも、藤本さんもそうだったということ自体が重要なのかも、と考えながら野営のテントをたたまずにいます。
この前ののぞみさんのお手紙に、「この藤本和子ルネサンス、森崎和江ルネサンスともいえる現象はなにを意味するのでしょう」とありました。自分なりに考えてみましたが、一言で言って「生き延びる」ことがテーマになったからなんだと思います。どんな状態を「生き延びた状態」と称するかは別として、今、若い人たち（に限らないけれど）が持っている「この先、どうなっていくのか。生き延びられないのではないか」という不安の総量は、八〇年代、九〇年代と比べて途方もなく増大しているでしょう。前のお手紙で教えてくれた、一九八五年の『水牛通信』に載ったアリス・ウォーカーの「エリシア」の翻訳、インターネットで探して読みました。すごくよかった。それこそ「生き延び方」の物語でしたね。そんな中で、藤本和子と森崎和江の名前が並んで語られるようになったことは、必然的なんだと思います。日本が一見、豊かさで塗り込められたように見えたときにも、生き延びることについて書き続けた人たちだから。

長ーいタイトルを持つ藤本さんの森崎和江論の最後は、「森崎さんは私たちにも羽根を生やせと呼びかけている」と結ばれていました。そうありたい。

最後に、例の、ブローティガンに会ったときの話にちょっと戻ります。この話には実はまだ続きがあるんです。『カステラ』の作家、パク・ミンギュとつながっているんです。

二〇一七年にパクさんが来日したとき、京都でトークイベントがありました。熱心な読者が集まってくれてイベントは盛り上がったのですけど、その後、緊張がほぐれた中で、つい、あの話をパクさんにしたんですよ。

パクさんの作風、特に『カステラ』は、村上春樹《むらかみはるき》の影響があるとも言われていたけど、私はどっちかというとブローティガン色を感じたんですよね。これまた藤本さんの言葉を借りるなら「瞬間の起爆力や不条理なイメージの魔術を前面におしだ」す、というブローティガンの世界の特徴が『カステラ』には溢れていて。そらとぼけた突拍子もない設定で淡々と語りながら、気がつくと何だか妙に切実なポイントに物語が乗り上げている……例えば、「ヤクルトおばさん」という短編には、「ドードー通訳士」という職業のことが出てくるんだけど、それはモーリシャス島でドードー鳥が人間に狩られて絶滅していくときに、ドードー鳥の遺言をわかりやすくまとめる仕事なんですよ。「そのような善行が、贖罪《しょくざい》の道具になると信じていたからだ」って……。こういうのすごくブローティガンっぽいと思う。

その日の京都のイベントでは、よくある質問ですが、日本の作家の誰が好きですか、影響を受けたとすれば誰ですか、みたいな質問も出たと思います。イベントが終わった後、じゃあアメリカの作家ではどうですかという話が出て、やっぱりブローティガンの名前も出ました。そのとき私は旅先でちょっと浮かれていたのかなあ、例の話をしちゃったんですよ。パクさんはうなずきながら淡々と聞いてて、特に感想を述べるでもなかったんだけど、翌朝、にこにこしたままで「昨日眠れませんでしたよ」と言うの。「おや、どうして」「悔しくてね。

あの、ブローティガンのことがね」と、にこやかなままで。

ああ、しまった、あの話はするんじゃなかった。私は、ブローティガンが亡くなって悲しい気持ちがした、そして今思えば、怒りの対象は韓国じゃなかったかもしれないという結末までしっかり話したつもりでしたが、パクさんにしたら、ハハハと笑って流せる話ではなかったんだよなあ。いかに個人的経験と説明されても、「国」が一まとめにして罵《ののし》られていることに、この年代の韓国人が無反応でいられるわけないんだわと気づいたけれども時すでに遅し。あわてた私は、ブローティガン氏はあのとき相当に酔っ払っていて、自分でも何を言っているのか覚えていない状態だったであろう、確かではないが私はそのように想像するものだといったことをしどろもどろに述べて弁解に努めた覚えがあります。

この話もまた、居心地のいい話ではないですよね。ブローティガンはとても日本贔屓《びいき》で、そのことに韓国人がひがんでいる、みたいな短絡的な理解をされたらたまんないのですから。そんなんじゃないんですから。

そして実際、そんなんじゃない顛末《てんまつ》となりました。それから半年ぐらいしてパクさんが、韓国の文芸誌を一冊送ってくれたんです。パラパラ見たら、そこに彼の最新作の短編が載っていて、そのタイトルが「リチャード・ブローティガンとの決闘」……うわあああああああああ。

おそるおそるめくってみると、冒頭に「リチャード、愛してる。ブローティガン、一発殴らせろ」なんて文章が見えました。とにかく、作家は書くことで落とし前をつけるんだなあということを、再確認したのでした。この短編の話は次回ね。

斎藤真理子

二〇二二年十月十一日

二〇二二年十一月

「文学少女」という表現が嫌いだった真理子さま

お手紙ありがとう。「こんな正体不明のぐにゃぐにゃさに脳を預けてもいいのか」ということばにのけぞりました。ちぢこまっていた肩の凝りが一気にほぐれて、ふわっとした気分で『アメリカの鱒釣り』の訳者あとがき「最高峰」を再読しました。

そう！　あとがき「鯨が生んだ鱒」は、あのぐにゃぐにゃさに脳も気分も預けていいんだと言っていますね。それに「どの方向から読んでもいいのだと、読者を安心させ」る力がある。幻想と妄想がカクテルされた美味しい「ぐにゃぐにゃ」文体を読みながら、坂の多いサンフランシスコを歩いていける！「中国人がののしられていたのだ。そして、わたしがののしられていたのだ」という真理子さんの引用部分がまた抜群です。

「鯨が生んだ鱒」というあとがきには、当時サンフランシスコに住んでいた藤本和子が偶然、すき焼きを食べているリチャード・ブローティガンを見かける場面が出てくるでしょ。自分の翻訳体験を「あとがき」に編みこんでしまうあの力業には圧倒されました。おまけに、このうえなくブローティガン風味の余韻が残る描き方で。だから初めて読んだとき、翻訳者は自分が訳している本の作者と偶然レストランで顔を合わせたりしなければいけないのかな、とこちらも妄想の雲に頭から突っこんで正気を失いかけた（笑）。

さらにさらに。真理子さんがブローティガンと下北沢で「会った」ときのことですが、これにはびっくりしました。それにしてもブローティガンが、Korean Literature と耳にしただけで怒鳴りだしたなんて、相当酔っぱらっていたんでしょうね。なんとも大人気ない。彼の内部に仕舞いこまれていた記憶に、最初の一語が前後の脈絡をぶっとばして一直線に突き刺さり、朝鮮戦争で苦い体験をした友人への感情に激突して、それでなにかが壊れてしまったのでしょうか。でもというか、だからというか、噴きだした怒りのことばは、真理子さんに向かってではなく、もっぱら通訳をしてくれていた隣の女性に向けられた、ということだったのでしょうか。この話は「スルー」するどころか、わたしのなかのある記憶にカチッと火を点けました。そのことはあとで書きますね。

そのときの真理子さんは、まだ二十二、三歳？　韓国文学に興味がある、といっただけでいきなり目の前のガタイのでかい、初対面の男が怒鳴りだすなんて、恐ろしいよ。おまけに日本でも人気のアメリカ人作家とくる、聞いただけで身がすくみます。そのときブローティガンは自分が「アジア」にいる「アメリカ白人男」であることをどう認識してたんだろう、といまなら考えるよね。わたしは今後これを「ブローティガン下北沢泥酔激怒事件」と呼ぶことにしよう。そこにいた大人たちが真理子さんを守ってくれなかったというのもひどく悲しいねえ。そんな理不尽な発言に「それ、ちょっとおかしい」とか、「韓国文学に罪はないだろ」とか言ってくれる人がいなかったのも残念です。でも八三年ってそんな時代だったのかなあ。

話を藤本和子の翻訳に戻すと、彼女の翻訳者としての出発点はやっぱり『アメリカの鱒釣り』ですね。あとがきの「鯨が生んだ鱒」を再読して、そうだった、こんなふうに書いてたんだ、和子さんは！　とわたしもあらためて「度肝を抜かれ」ました。真理子さんが引用している、いきなり和子さんが「おまえは野蛮なシナジンだな……シナへ帰れ！」と言われたサンフランシスコの路上体験、あれを読んで日本の読者は、そしてわたしは、「アメリカ」に抱いていた幻想がぐじゅぐじゅと崩れはじめたのではなかったかとさえ思いました。カウボーイハットを被ったジョン・ウェインやスティーヴ・マックイーンが銃を撃ちまくる、どこから見ても強く正しく映像化された正義のアメリカを少年少女期にさんざん見せられてきた者にとって、その麗しき絵の裏に、映画「イージー・ライダー」などで薄々感じてはいたものの、冴えない日常としての、くすみきったアメリカの殺風景が細部をもって浮かびあがったんですから。それもあっけらかんとしたことばで、その殺風景のなかからクールエイド中毒者《ワイノ》とかアメリカの鱒釣りちんちくりんなんかがズームで浮かんできた、たまらないですよ。日本語文学の海にポチャンと投げこまれた一冊の翻訳書が、水飛沫《しぶき》をなんと遠くまで飛ばしたことか。

この作品はブローティガン自身が秘密めかすこともなく「鱒釣りを万華鏡にして、そこから覗《のぞ》いてみたアメリカである」とあちこちで告白している、とのちに藤本和子は『リチャード・ブローティガン』（新潮社）で書いています。二〇〇二年に出たこの本はブローティガンを何冊も訳してきた藤本和子の壮大な「あとがき」であり、ブローティガン評伝です。引用したい箇所が盛りだくさんすぎて、恐ろしい本だ（笑）。

自分が生まれ落ちた「アメリカ」という土地の現実と向き合いながら、幻視ともいえる過激な技法で妄想のアメリカの鱒釣りを書いたブローティガン。当然ながら作中に「メルヴィルの鯨」や「ヘミングウェイの鱒釣り」なんかもポッポッと浮かんでは消える。ポストモダンなんて表現がまだ聞こえてこない六〇年代に、ポストモダン的な作品を書いたブローティガン。

それにしてもヘミングウェイといい、ブローティガンといい、なんでアルコール依存になって銃で自殺するんだ？　これぞアメリカン・ドリームやアメリカの男らしさに（秘かに）抗《あらが》う白人男の末路？　などと言ってもポジティブな視界は開けないか。マッチョなマールボロマンの大きな広告が、東京のビルの屋上から消えたのはいつだったんだろ？

『アメリカの鱒釣り』（原著は一九六七年刊）が日本語になった一九七五年ころ、この作品のことを耳にしたのは、「コピーは消費者の半歩先をめざす、一歩先ではなく」と語るコピーライターの口からでした。新宿二丁目の狭い飲み屋のカウンターだったかな。新しい日本語だというので読んでみた。面白いんだけどいま一つピンと来なかった。当時わたしがヘロヘロOLをやっていた職場、CBS・ソニーというレコード会社では、朝からフロアいっぱいにサンタナやらシカゴやらBS&T（ブラッド・スウェット・アンド・ティアーズ）やらエアロスミスやらが怒濤のごとく大音量でかかっていて、低血圧の頭には「マッチョなアメリカ、勘弁してくれ！」だったせいかもしれません。学生時代にゾッコンだったジャズもどんどん洗練されて遠くなり、近くの部長のブースから泣きのカントリー&ウェスタンがヒョロヒョロ流れる空間でした。いまにして思えば、そんな邪気めいたものを祓《はら》ってくれる護符代わりに、ガリマールから出た分厚いフランシス・ポンジュの本を持ち歩いたりしていたのかもしれません（ほとんど読んでない／笑）。

でも藤本さんと会うころまでには、翻訳されたブローティガン作品はひととおり読んでいました。数冊買いこんだデル（Dell）版のペーパーバックもまだ書架で埃をかぶっております。七〇年代に『アメリカの鱒釣り』を皮切りに晶文社から『ホークライン家の怪物』『芝生の復讐』『ソンブレロ落下す』『鳥の神殿』が出て、新潮社から『バビロンを夢見て』、さらに河出書房新社から『西瓜糖の日々』『ビッグ・サーの南軍将軍』と続き、八〇年代に入ってふたたび晶文社から『東京モンタナ急行』が出たんでした（いずれも藤本和子訳）。

でも『アメリカの鱒釣り』とおなじ年に新潮文庫から出た青木日出夫《あおきひでお》訳『愛のゆくえ』（現在はハヤカワepi文庫）はいただけなかった。だって原題は『*The Abortion: An Historical Romance 1966*（中絶――歴史的ロマンス一九六六年）』なんですから。それを『愛のゆくえ』はないだろ！　と読後、やさぐれ気分のヘロヘロOLは怒っていました。

この作品は引きこもりの図書館員の男性が妊娠した恋人ヴァイダに同行して、カリフォルニアからメキシコとの国境の町ティファアナ（ティワナ）まで旅して、中絶手術を受ける話です。今年出たばかりのルシア・ベルリンの短篇集『すべての月、すべての年』（岸本佐知子訳、講談社）の最初の物語「虎に噛まれて」もテキサスとメキシコの国境にあるエルパソという町を舞台にした妊娠中絶の話で、こちらは手術を受ける女性の目から見た物語です。

ベルリンより一歳年上のブローティガンの作品では、女が中絶手術を受けるための旅が、男が外の世界へ出て一人前の大人になるための「通過儀礼」に見立てられています。無事に旅を終えて帰ってきたあと男は人気作家になるんです。なんだか身勝手な「軽やかさ」ではありませんか。そんなふうに「中絶」を扱う書き方に二十代のわたしは強い違和感と憤りを覚えました。いまから考えてもその違和感は正当だったと納得できます。それについては藤本和子が『リチャード・ブローティガン』第四章の「通過儀礼」で具体的に詳しく分析、批評しています。

藤本和子はそこで「ブローティガンはサブタイトルに小説のジャンルの名称をつけた五作の小説を書い」ていて、この作品もその一冊だと指摘します。さらに原作が出版されたとき米国では中絶が違法ではなくなっていたけれど、サブタイトルにある「一九六六年」にはまだ違法だった、だからたしかに「歴史的証言」といえなくもない、とも書いている。ふむ。

さて、ここで火を点けられた記憶のなかの、あるエピソードについて書きましょう。『アメリカの鱒釣り』と『愛のゆくえ』が出版された七五年だったか翌年だったか、職場でブローティガンのことが話題になったことがあるんです。八階建てビルの地下食堂で遅いランチを食べていたら、隣におなじフロアで働くディレクター二人がやってきてブローティガンの話を始めた。どういう流れだったのか細部までは覚えていませんが、会話に加わったわたしが『アメリカの鱒釣り』は面白いけど『愛のゆくえ』はいただけないというと、二人は声をそろえて、いやいや『愛のゆくえ』がダントツにいいというのですよ。びっくりしました。一人はロック担当の男性ディレクターで、もう一人のクラシック担当ディレクターは女性でした。二人ともキレキレの仕事人。女性ディレクターの存在は非常に珍しい時代でしたが、その人がブローティガンと結婚したと聞いたときは驚きましたね。

それから約四半世紀後に藤本和子がこの作品について、中絶は女にとっては試練であって「通過儀礼」なんかじゃないという的を射た批評をしているのを読んで、ああ、やっぱり、違和感を覚えたのはわたしだけではなかったんだ、書いてくれて嬉しいです！　と手紙を出した記憶があります。

映画でも曲名でも、七〇年代までは「愛の」がつけば売れるといわれたロマンチック大流行時代だったんですよね。「愛の」がパッケージ材となっていた。なんとも複雑な気持ちになります。恋愛が家父長的家制度からの「個人の解放」のきっかけと見なされた時代から（なにしろ旧民法下では家長の許可がなければ男も女も結婚できなかったわけですから）、戦後のプロパガンダとしてのアメリカ文化（ハリウッド映画、ディズニー、アメリカ音楽など）に若者たちが洗脳された時代を経て、輸入品「ロマンス」は力をつけていました。六〇～七〇年代の日本社会は、一般的には「ロマンス」の全盛時代だったと言えるでしょうか。コマーシャルのコピーなどであおられたのは男の一方的な「思い」に女が合わせる「お姫さま的ロマンス」ですが。女は対等な人間ではなく憧れの視線を浴びるオブジェであり、それを内面化していた。アメリカ西海岸から流れこんだヒッピー思想に絡んで「フリーセックス」なんてのも都会では流行ったけれど、「ファルス崇拝」など男の勝手な理屈をかぶせたものが多く、それに抵抗する女たちがウーマンリブの運動を立ちあげた時代でもあった。

考えてみると、この往復書簡に藤本和子の名前が出ない回はなかったかもしれませんね。「翻訳」となると、真理子さんとわたしを繋ぐ「塩食い」最重要パーソンだから無理もないのですが、そこから全然、飛べてない！　というか、飛んでもブーメランのようにそこへ戻ってくる。まるで変奏曲の主題のよう。

さてそれで森崎和江ですが、たしかに著作も読んだし、重要な作家、詩人だし、わたしも、これだ！　と思って追いかけた時期がありました。でもそれは八〇年代に入ってからで、英仏独加の翻訳文学で育った憧れロマンス重症患者だった少女は、都に出たあと現実に向き合うために、朝から晩まで富岡多恵子《とみおかたえこ》を読んでいました。モダニスト詩人として戦後日本の

「なにわ」のドロドロの人間関係から爽やかに、軽やかに立ちあがり、その感情のぬかるみに風を吹きこんで可視化させる作品を書いた人でした。彼女の詩に、どうしようもない粘着質の感情から浮上する契機を見た人は多かったのではないかな。その後「この世のほかならどこへでも」（ボードレール）という詩句にやられたわたしもそうでした。

でも、自分を縛っているものから「モダンの鋏《はさみ》」でいったん切れて、過去の記憶を解体し、要素に分解して、あれはこういうことだったのか、とバラバラに切断された記憶の破片に意味（接着剤）を見つけて物語として組みなおすには、それだけでは足りなかった。曇りなき視界を獲得するために、ポストモダン的再構築の理論に加えて、さらに大きな枠で歴史の細部に目を凝らし、新たに足場を組む必要があったんです。それにはジェンダーの軸を（フェミニズムという表現は用いずに）思い切りグイッと立てて、植民地主義を世界規模で批判する三本目の軸をも立てる必要があった。

そう言えるのは、あくまで現時点から振り返って、それまでに手に入れたことばによって、ということなんですが。

フェミニズムをめぐっては、富岡多恵子が子どもはもたないと宣言したあとに子どもを産みはじめたわたしは、彼女の仕事に少し距離を置くようになりました。その空隙を一気に埋めたのが藤本和子のアメリカ黒人女性をめぐる一連の仕事であり、彼女の「森崎和江論」を入り口にした森崎の仕事でした。生き延びるために、わたしはそれに飛びついた。前にも似たようなことを書いたけれど、親と子の関係を透視するための「子育てフェミニズム」が必要だったのでしょう。そして「幼い娘の手を引き、乳呑児の息子を背負って、遠賀川《おんががわ》の岸で風を聞く」森崎のことばへ向かっていきました。でも長くは続かなかった。なぜだろう？感情の湿度が高すぎたのかな？　それとも日本語の地を這うのではなく、もっと高く飛びたかったのかもしれない。というわけでわたしにとって「フェミニズム」は、理論ではなく「子どもを育てながら翻訳して生きること」そのものになっていった——こうして記憶を物語化する過程で、薄皮のように、さらなる上書きがされていくんだけれどね。

　ここまで書いたときに『現代思想』二〇二二年十一月臨時増刊号（青土社）がやってきました。今年九十五歳で逝った森崎和江の特集です！　おおおおおおお。真理子さんの「森崎和江の長い詩業」、読みましたよ。「みだらな野菜」とか「なぜ男は羽根かざりに似るの」とか、なんと強烈な喚起力でしょう！

　でも先ほど「幼い娘の——」と引用したのは、真理子さんが「こんなにパセティックな論の起こし方」と呼ぶ『森崎和江詩集』の藤本和子の解説からです。出版は八四年。ページの縁が黄ばんで文字もずいぶんと小さく、それが刊行されたころの状況をひたひたと伝えています。

旧植民地だった北の大きな島で「戦後」と呼ばれはじめた時期に入植者の子どもとして偶然生を享けたわたしには、七一年に出た森崎の『異族の原基』（大和書房）が原石のようなことばがゴツゴツとならぶ岩場に見えました。ことばが嚙み砕けなかった。自分が求めているものがこの向こうにあると直感したけれど、深追いはしなかった。原石の内部の輝きを取り出す方法がわからなかったんです。それで遠まわりした、たぶんそう。

真理子さんが、藤本さんの論の起こし方がパセティックだというのは、森崎の思想のなかに彼女が見抜いた「原石」のようなものへ到達する決意だったのではないかと想像してみます。うん、そのように読めます。たしかに「鯨が生んだ鱒」のあっけらかんさはここにはない。それは対象となる作品の性質や、作家の仕事との距離を反映してもいるでしょう。敗戦によってある種の「原罪」を背負った日本人として生きた森崎に、藤本和子は対峙しようとする。森崎から受けた影響を梃子《てこ》にして、北米の非白人系の女性作家の作品を日本語に翻訳し、日本人と日本語の海を照射する仕事へ向かっていったのではないでしょうか。やろうとしていたのは北米黒人女性作家の翻訳だけではないんですよね。中国系作家の草分けであるマキシーン・ホン・キングストンの作品を何冊も翻訳しているし、先住アメリカ人作家のルイーズ・アードリックも訳している。そして九四年に新潮社から出た『イリノイ遠景近景』（ちくま文庫として復刊）には、ニューメキシコまで出かけて聞いた先住アメリカ人の彫刻家や陶芸家の話が収められています。

ただし集団としての「民族」に重点を置く藤本和子の論には、両義的な意味を感じました。個人と民族を論じる視点に一抹の不安を感じたことを覚えています。いまならそれが、自分がアメリカ社会ではマイノリティであっても、この日本社会ではマジョリティ側にいるからだとわかります。さらに、六〇年前後に相次いで独立したアフリカ諸国で民族自立が大きな意味を持ったこととも関連してくるのですが、アフリカ発／系の文学に関わりはじめてから、その違和感はさらに複雑になっていきました。これは「民族」という概念をどのようなコンテキストで理解するかという問題でもあって、あのころは「民族」という語に強烈に付着してくる（自民族の）歴史的マイナスイメージを相対化できずにいたのだと思います。

八四年に『森崎和江詩集』の解説を書く藤本和子にとって「翻訳はコンテキストが命」というのは核だったのでしょう。藤本はそこで、森崎和江は九州の女坑夫への聞き書きをまとめた六一年の『まっくら』（理論社）によって「その後の彼女のくらしと、仕事の土台になる姿勢と、耳を傾ける能力と、伝達不可能な質をふくむからこそ意味を持つ世界に近づく方法を固めていった」と書きます。藤本和子の「聞き書き」の方法は森崎のそれを踏襲している。なぜ『塩を食う女たち』から始まる藤本の聞き書きが、あれほどパワフルかを理解するヒントがここにあると思う。

それにしても「森崎和江」を論じる文章に「根源的」「本質的」といった表現がなんと多く使われることでしょう。これは森崎自身の思想に深く関わることなのかもしれませんが、この極めて不透明な語には今後ぜひ強い光が当てられてほしいものです。

英語圏で出た翻訳論が何冊か日本語に翻訳されているので、今回はそれを話題にしようと思っていました。でもそれは英語を中心にしたヨーロッパ言語間の翻訳の話だったり、英語から他言語へ（その逆）であったり、範囲が限定的なのでここでは控えます。というのも、それでは「翻訳」をどこまでも英語中心に語って翻訳一般について語った気分になり、そのことの傲慢さに無自覚になってしまうからです。それに気づけてよかった！

藤本和子絡みで一つだけ。今年三月に『翻訳を産む文学、文学を産む翻訳』（松柏社）という本が出ました。そこでは藤本和子の翻訳が日本語の文体にどのような影響をあたえたかが論じられています。著者の邵丹《しょうたん》さんは、母語ではなく学習した言語である日本語で論を展開しています。大きくフィーチャーする藤本和子の話を聞くためにシカゴまで会いにいったとき、和子さんは開口一番、自分が影響を受けたのは森崎和江と石牟礼道子です、と言ったとか。

じつは、真理子さんから以前、指摘されたことと関係がありそうで気になることがあるんです。

森崎の『慶州は母の呼び声――わが原郷』（新潮社）なんですが、この本が出たのは八四年三月、集中的に森崎を読んでいたころだったのですぐに読みました。ところがこの本に、植民地主義は「地球上から消え果てましたが」と森崎が書いていたというのです。ええっ?!『現代思想』十一月臨時増刊号の石原真衣《いしはらまい》という若い研究者の文章「地球上から消え果た植民地主義?」にある指摘です。いま読めば「?!」ですが、あのころのわたしはスルーしました。スルーしたことに愕然とします。調べてみると、わたしが読んだ八四年版単行本の二二六ページ、「あとがき」の最後の段落にこう書かれています。

今は地球上から消え果てましたが、なお、子々孫々にわたって否定すべき植民地主義と、そこでのわたしの日々を、この書物にまとめました。書くまでにかなりの月日を必要としました。

石原真衣は八二年生まれの先住民フェミニズムを専門とする文化人類学者で、『〈沈黙〉の自伝的民族誌《オートエスノグラフィー》――サイレント・アイヌの痛みと救済の物語』（北海道大学出版会）の著者です。札幌で古書店を営む両親のもとへ訪ねてきた森崎を「森崎のおばちゃん」と呼ぶ関係だったそうです。

それにしても「消え果てた」とはまた……。だってアフリカ大陸だけ見ても、ナミビアは一九九〇年まで南アフリカの統治を受けていた植民地だったし、西サハラだって八四年にはまだ独立を認められていなかった（現在もまだ係争中）。

たしかに「植民地主義」をめぐる問題の立て方が大きく変化したのは『慶州は母の呼び声』が出たあとでした。それまでは植民地主義といえば、あからさまな統治形式や制度を指していたけれど、十五世紀の大航海時代から始まる植民地化の暴力が長期にわたってもたらした結果と、それを引きずる現在そのものが、あらゆる分野で問われるようになっていきました。それをポストコロニアリズムと呼ぶようになった。でもこの『慶州は母の呼び声』を読んだころのわたしの記憶はあいまいです。真理子さんが指摘したのはこのことと関連がありそう、とようやく思いいたりました。

七六年に出版されてヒットした『からゆきさん』（朝日新聞社）をめぐる石原の指摘も秀逸で、視界がとてもクリアになりました。石原は問います――なぜ森崎の「原罪意識」は現代日本のおんな達に引き継がれなかったのか——と。本来二つの異なる軸を立てて論じるべき「アジア」と「女」を一つに重ねることで、アジアにおける日本の侵略者としての位置をジェンダーの問題へと横滑りさせてしまい、その結果、その加害者性を曖昧にしてしまったと。また石原は、森崎の植民者としての原罪意識をめぐり「主語の大きさにもっと繊細になる必要があった」とその限界をも指摘しています。森崎の思想を真っ向から受け止めて批判的に引き継ぐこの姿勢はすばらしいと思います。

この「主語の大きさ」という文字を目にしてありありと思い出したことがあります。アイヌ民族から土地を奪い、言語を奪った入植者の末裔として生まれたわたしは、生地「北海道」を自分の宿題と見立てた詩を書いて、仲間の在日の詩人から、そんな宿題は背負いきれないんじゃないかと批評されたことがあったんです。あれもやっぱり八〇年代半ばだったかな。そのときは落ちこんだけれど、たしかに主語の立て方が大雑把すぎた。「懐かしさ」と「涙」を旅行鞄に入れてしまったのはあのときだったのかもしれない、と今回気がつきました。それはいまも荷解きできずにいます。

それでね、八〇年代半ばがどんな時代だったか、もう一度ざっくり振り返ってみたくなりました。ときの首相、中曽根康弘《なかそねやすひろ》が「日本は単一民族国家だ」と公言して北海道ウタリ協会

（現在は北海道アイヌ協会）から抗議を受けたのが八六年、ポストコロニアリズム理論の旗手とされるエドワード・サイードの『オリエンタリズム』（平凡社）が翻訳されて話題になったのも八六年、いずれも『慶州は母の呼び声』が出た後でした。その後バブルに向かって突き進む時代の激しい波しぶきが露《あら》わにしたものについて思いをめぐらしたいのですが、残念ながら、その直後わたしの頭は森崎和江から離れて南アフリカへ飛んでしまいました。そしてことあるごとに「アフリカ、ズールー、南アフリカ、アパルトヘイト」と口走り、小学生の息子から「アフリカぱっぱちゃん」と茶化されて、むきになって反論する母親に変貌していきました（笑）。

こうして unlearn の長い旅は続き、南アフリカの白人作家J・M・クッツェーの作品と出会って格闘しているうちに、世界的な植民地主義の枠内で「北海道」を見る目が養われていったようです。歴史的に考えると自分はどう考えても「白人」の位置にあると気づいたんです。それは翻訳を通じてこの列島の外へ視界を広げて、ようやく見えてきたことでした。

先の『現代思想』十一月臨時増刊号で石原真衣が「罪や責任を負うという行為において最も重要なことは、その際の果たしうる範囲を見極めること」だと述べていますが、まことに正鵠《せいこく》を射ています。これはクッツェーが南アフリカの植民地主義と、みずからが属する白人（と非白人）の関係をめぐって作品を書くにあたって考え抜いてきたことで、その姿勢からわたしは多くを学びました。

そこで「アイヌ」という語をめぐる幼いころの具体的な体験に、光を当て直すことから始めたんです。小学校の授業で教師があられもなくアイヌ差別の発言をして生徒を笑わせたことを、ウェブマガジン「水牛のように」に書きました。さらに母が当時どこかから仕入れてきた誤った考えをこくわの実に絡めてなんの気なしに口にした「エピソード」を『アイヌ民族否定論に抗する』(河出書房新社)に入れてもらいました。どれもメモワール『山羊と水葬』に収めてあります。メモワールが出たのは昨年ですが、体験そのものは一九五〇年代のことです。もしもアイヌ語を話した石原の祖母(彼女のお母さんのお母さん)がわたしの母と同世代だったとすれば、わずか二世代前のことにすぎません。二〇二二年現在も、北海道という土地がニホンの植民地だったという歴史的な認識は、その責任を正面から問うことを回避してきたニホンジンにとって表層的なものにとどまり、意識のなかではまだ曖昧なままです。

そして八〇年代末になると日本は経済バブルとそれが弾けた時期を迎えて、ポストモダンの興隆期に入ります。九〇年代以降は「文学理論としてのポストコロニアリズム」という柱が立てられるようになり、「世界文学」という概念も打ちだされていきます。「世界文学」を新たに捉えなおす試みも始まります。作品にとってそれが生みだされたコンテキストは、目を引く華やかな意匠の奥にある核として、非常に重要になっていったのではないでしょうか。

真理子さんの『韓国文学の中心にあるもの』は、戦前戦中期から九〇年代まで個別に書かれ、紹介されてきた作品群に道筋をつけ、同時期に読まれた日本語作品との関連まで視野に入れて、見えにくかった背景を縦横に補ってくれる著作です。すごい力作。これを読むと「曇り」はかなり晴れる。前回のお手紙には、この本を書いた「目論見」が外れたとありましたが、そうなんでしょうか？「もともと朝鮮半島に関心を持っていたり」「知らなくてはいけないと思っていた人」だけが読んでいるとはとても思えないけどな。間違いなく多くの人が読んでますよ、声を出さずに、静かに。真理子さんが言うように「翻訳といえば英語」の世界がいますぐガラガラと崩れ落ちるとは思えないけれど、この本によって見えない亀裂が入ったんだと確信します。それが時を追って、じわじわと効いてくるんじゃないかな。

とにかく数年前から韓国文学の翻訳があれほど盛んに出版され、読まれて、その土壌に種を蒔いたらぐんぐん育った樹木のように見えますね。あの本は太く長い枝を伸ばして、いずれ大樹になる。非常に大きな仕事だと思います。

まあ単純に比較することはできませんが、昨今ようやく欧米中心に翻訳書を出してきた出版社が「アフリカもの」をも出すようになってきました。ここまでくるの長かったなあと思います。エキゾチシズムに絡めた「観光文学」からリアルな同時代の「人間の文学」へ、地滑り的になにかが変わってきた。もちろんそれを主導するヨーロッパやアメリカの出版界、文学界の動向を介しての変化なんですが。英語圏のブッカー賞を見てもノーベル文学賞を見ても、非ヨーロッパ系の作家がどんどん受賞するようになった。リングア・フランカとしての英語、フランス語、スペイン語、ポルトガル語の問題を、日本でもまた立体的に批判、再考していく時代を迎えていますね。

ご存じのようにアフリカの文学は英語やフランス語やらを「媒介にして」日本語文学として紹介されてきたし、おそらくこれからもその事情は大きく変わらないと思います。それでも、三十五年前には図書館で「ズールー」で調べてもなにも出てこなかったのが、いまではズールー語の教科書を書いてズールー語で会話ができ、南アフリカのシンポジウムでズールー語で挨拶する若い日本人研究者も育っています。でもこと文芸翻訳となるとまた別問題で……。

まあ、とにかくコツコツやってきたことが実を結ぶまでには時間がかかります。個別の作品ではなく、まとまった形で出さなければ、と藤本和子も言っていましたが、それは商業的にはなかなか難しい。だから継続することが重要になってくる。何年も続いている韓国文学の翻訳ブームには本当に目を見張ります。力ある翻訳者たちがしっかりそれを支えているのは頼もしいかぎりです。

「作品の社会的・歴史的背景に着目すると小説の面白さが目減りするかのように思っている人」は、そんなふうに考えられること自体がどれほど特権的かに、やっぱり無自覚なんだと思いますよ。意識していない、とも言えますが、とにかく見えていない、見ようとしてこなかったわけじゃないですか。何度でも言いたいのは、なにかをめぐる特権とは、それがあたり前ではない人の存在に目をつぶっていられることなんですから。

でも真理子さんが「小説とか物語というものはそんなに脆弱なもんじゃない」というのもその通りで、深くうなずきます。すごい作品を「面白い」と読んだあとは、じわじわとやってくる後味をかみしめながらあれこれ考え、楽しく悩んでほしい。自分が感じ、あらたに気づいたことを大事にしてほしい。作品と作家をめぐる文脈がぼんやり見えてくるとき「あとがき」はその助けになるけれど、でもまずは「面白い！」と思って読む。その面白さがどこからくるのかは次に考えればいいことですよね。作品は読者にとって自分を知るための「紙の鏡」だといったのは誰でしたっけ？

「ルネサンス」というのは「新生」という意味だから、森崎和江にしても、藤本和子にしても、ルネサンス期がやってきたということは、二人の作家の仕事が生き返り、継承されて読み継がれていくということです。真理子さんが言う「『生き延びる』ことがテーマになった」時代にふたたびそのことばを必要としている人たちがいる、ということでしょう。

　そんなふうに必要に感じた人たちの手によって、作品は地下水脈のように静かに流れて、何度も地表に湧いては、再生し、それが古典になっていく。その時代時代の脈絡は過去へ退いて、作品だけが残る。いわゆる「世界文学」とも深く関わってくることですが、最近こんなことばを目にして大きくうなずきました。ごく一部ですがここに書き写しておきます。

> 洋服のすその切れ端を手に取って眺めながら全体の感覚を持つ。部分が全体に通じるような視点を持つこと、その現在進行形の営みが世界文学だ。

　これは『亡命文学論』『ユートピア文学論』『世界文学論』（いずれも作品社）という大部なシリーズを書きあげたロシア・ポーランド文学研究者である沼野《ぬまの》充義《みつよし》さんのことばです（二〇二二年十月十二日付朝日新聞夕刊より）。

　ここでは世界文学や古典を、読者を外部扱いして権威ある人が決める枠としてではなく、読者（訳者）が作品（切れ端）を手にして、そこから世界をどのように見ていくかを探る主体的な「営み」として捉えています。語られているのは「生きるための書物」にほかなりません。

教養主義のための古典にとどまらず、正典として仰ぎみる世界文学ではなく、やむにやまれずに作品を書く人がいて、それを儲けのためだけではなく出版する人がいて、さらに読む人がいる、そういった営みそのものを「世界文学」と名づける視点がここにはあります。その営みを多言語に広げて、多くの言語の向こうにいる人たちにも読めるようにするのが、「曇る眼鏡を拭きながらなされる翻訳」なのだとわたしは考えています。

世界文学は固定された書物群では決してない。むしろ、どれほど検閲の厳しい社会で隠れるように読み継がれてきたとしても、これはいま私たちに絶対に必要な文学だと思った人たちによって細々とであれ、書かれ、翻訳され、世界中で読み継がれていく。数々の独裁政権下の野蛮な焚書《ふんしょ》（とそれを先取りする隷従）を生き延びて、作品がふたたび多くの人の注目を浴びる時代がやってくる。J・M・クッツェーが「古典とは何か?」という講演でポーランドの詩人、ズビグニェフ・ヘルベルトの例を引きながらいっているように、「最悪の野蛮を生き延びるもの、何世代もの人々が手放すことができないからどんなことがあろうと守り抜くもの――それこそが古典」（『J・M・クッツェー　世界文学論集』田尻芳樹《たじりよしき》訳、みすず書房）なのでしょう。

ずいぶん長くなりました。この往復書簡でわたしが書くのはこれが最後です。いつも細やかに読みほどいて、丁寧に引用しながらお返事を書いてくださってありがとう。こちらはいただいたお手紙のなかで気になるキーワードが目に入ると、それに触発される記憶に引っ張られて一方的に書き進む、そんな手紙を書いてきたような気がします。反省しきりです。でも、もう手遅れですね、どうぞご容赦ください。

最初の手紙を書いたのは「雪の恋しい季節」でした。そしてもうすぐ、また冬がきます。コロナ禍は続いていますが、なんとか最後まで航海できました。心から、ありがとうを言わせてください。

それにしても、影響を受けた作家としてブローティガンの名前をあげていたパク・ミンギュに、例の「下北沢泥酔激怒事件」について真理子さんが話したときのエピソードと、その後の展開がとっても気になります。最新作を発表した雑誌に、「リチャード、愛してる。ブローティガン、一発殴らせろ」と書いて落とし前をつけていた（！）というお話でしたが、次のお手紙でその短篇「リチャード・ブローティガンとの決闘」について書いてくださるとのこと、ワクワクです。めっちゃ楽しみです。

二〇二二年十一月七日

くぼたのぞみ

二〇二三年一月

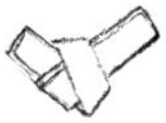

最後の最後まで頼りきりだったのぞみさま

最終回となりました。

本当ならこの往復書簡はもう終わっているはずだけど、私が二度もお休みしたので、ずれ込んじゃいました。ごめんなさいね。

この往復書簡を始めるときは、「隔月締め切りだから、きっと何とかなるだろう」と思ってたんだけど、全然違ってたな。これ、手紙としては文字数がかなり多いじゃない。断片的には書けても、構成するのが難しかったな。毎回、のぞみさまが見事にさばいてくださったので何とかなりましたが、そうでなかったら、どんどん沖合いに出ちゃって戻ってこられなかったはずなのだ。

夏ごろ、本当に何を書いていいかわからなくなって、見かねたのぞみさんがご飯に誘ってくれて、さりげなく方向づけをしてくれたこともありましたね。ありがとう。部活の先輩みたいだよね。イタリアン、美味しかったです。

最後の回は、スペシャルサンクスを述べてさらりと終われたらいいなーと思っていましたが、のぞみさんの最後のお手紙を見たら、とてもそんなことでは済まないみたいだ。何という重厚なテーマの山なのだ。これは一つの山を登って下りてくるだけでは済まず、縦走しなくてはならないではないかと思ったけど、登山しようとするから大変なんで、裾野をうろうろしてみることにします。

そのためにまず、「ブローティガン下北沢泥酔激怒事件」のその後について書きましょう。

「リチャード・ブローティガンとの決闘」という小説が載った韓国の文芸誌がパクさんから送られてきたところまで、書きましたよね。

でも、そもそもパクさんの短編ってそういうのがよくあるんだけど、この短編、あらすじをまとめようがないんだ。『アメリカの鱒釣り』と同じです。

うまくいかないのを承知でかいつまんでみると、重工業地帯に生まれた韓国人男性（これは蔚山《ウルサン》生まれのパクさんと同じ設定です）が、「人を殴って正気にさせる宣教活動」を展開しているんですが、海外布教に出かけ、旅の途中で偶然『アメリカの鱒釣り』をもらって読み、リチャード・ブローティガンを愛するようになり、会いに行くが、日本人と間違われ、「京王プラザホテルの宿泊費は全部払ったぞ」とか言われ、「汚ねえ韓国人」とかも言われ、「何だとこの野郎」状態になり、しかしブローティガンは絶対に謝罪しないので、そこで決闘し……という、あのー、そのまんまじゃないですかという設定なのですが、要は『鱒釣り』の中の一編、「ポルトワインによる鱒死《ますじに》」を下敷きにしているらしい。

「ポルトワインによる鱒死」の中には、「鱒が汚染によって殺されたり、人糞《じんぷん》溢れる川で窒息死する」という文章があるんですよね。そして、パクさんが書いた主人公は子供のころ、工場の廃液のせいで背骨の曲がった魚を食べて気絶したことがあり、そのとき「七色の蛍光色のウンチ」をしたんだけど、そのウンチを粉にしたものを、お守りみたいに瓶に入れて首にかけているんです。で、「死にたい」ともらすブローティガンにそれを飲ませてやります。その結末はというと……、まあ二通りに読めるといえば読めますが、たぶんこれは、翻訳しないとちゃんとわからないやつだ。でもとにかく、アメリカそのものを描いた小説というように、読めた。

韓国がアメリカに寄せていた信頼って、絶対的なものでしたから。朝鮮戦争のときには強力に助けられたし、ベトナム戦争では助けたしね。長い間、大韓民国は世界で唯一反米運動が起きない国といわれていましたが、それが少しずつ変わってきたのが一九八〇年の光州事件以後とされています。「リチャード・ブローティガンとの決闘」から感じるのは、朝鮮半島にちゃんと焦点を合わせることもないアメリカの目に向かって、こっちからは君が見えているよと告げる、視線の強さみたいなものでした。

『アメリカの鱒釣り』からぞろぞろぞろぞろ、いくらでも出てくる、見込みの甘い、ぎりぎりの、だめだめな男たち。強いアメリカ、正しいアメリカから落ちこぼれてしまったそんな男たちを、パク・ミンギュ氏は相当好きだったのだろうなあと思います。その大本みたいな人が、酔っ払って「おまえたち嫌い」と言ったら、この短編が返ってくる。ずいぶんストレートだなあとも思うけど、でも、打ち返すときには虹色のウンチがキラキラ光るんですね。

考えてみるとパクさんって、『鱒釣り』がアメリカで出版された翌年の、一九六八年生まれです。

そして一九六八年は、森崎和江さんが戦後初めて韓国に行った年でもありますね。

この前のお手紙でのぞみさんが、石原真衣さんが『現代思想』の森崎和江特集号に書かれた論考、「地球上から消え果た植民地主義?」に触れていたでしょ。そこで石原さんが言及していた森崎さんの言葉、「今は地球上から消え果てましたが、なお、子々孫々にわたって否定すべき植民地主義と、そこでのわたしの日々」のこと、私も気になっていました。

それが出てくる『慶州は母の呼び声――わが原郷』（新潮社）は、のぞみさんと同じく、一九八四年に出たときに読みました。この本はその後、ちくま文庫と洋泉社MC新書になったし、松井理恵《まついりえ》さんと朴承柱《パクスンジュ》さんの共訳で韓国でも出版されました（これは以前なら考えられなかったことだと思います）。

森崎さんの朝鮮での生活と家族史を振り返る自伝的な内容ですが、最後の章だけは、六八年に、亡くなったお父さんの代わりに、お父さんが校長を務めていた慶州中高等学校の創立三十周年記念式典に招かれて旅したときの記録に充てられています。六八年の旅が八四年に活字になったわけだから、約十五年かかっているわけよね。

この本の序章には「三笠町という町名が生まれ、消え去ったように、他民族を侵しつつ暮らした日本人町は、いや、わたしの過ぎし日の町は今は地上にない」と書いてあり、そこをスタートに回想が綴られていき、あとがきの最後にさきの文章があります。一冊を頭から読んでいくと、「地球上から消え果てた」は限定的に「（朝鮮での）植民地主義」を指しており、「世界から（すべての）植民地主義が消え果てた」という意味では必ずしもなさそうなことは了解できますが、でも石原さんは、森崎さんが植民地に言及するときの朝鮮へのフォーカスの強さそのものに問題があったのではないかと、問いかけていますね。

「北海道と沖縄が日本の国境内にある限り、日本の殖民主義《コロニアリズム》（石原さんは「殖民」という文字づかいを選んでいます）は終わらない」という立場で、森崎和江のテキストは「現在の「殖民地」の輪郭をどこまでも無くしていくイノセントな議論の介入」と読みうる、という批判です。この石原さんの論考は本当に私に必要でした。

私も、出版当時、『慶州は母の呼び声』のその箇所を、やや冷淡な気持ちで読んだ記憶があるんですが、その理由はちょっと違っていました。当時の私は、あくまで森崎さんの六〇年代、七〇年代の本が好きだったんです。一九八四年は、前にも書いたように私が『新日本文学』で韓国の詩の翻訳をやった年ですが、そのころ全斗煥《チョンドファン》の軍事政権への批判はおそらくピークを迎えていたと思う。と同時に、日本は経済侵略と性侵略（買春観光）によって現在も韓国を苦しめているという見方も強かったので、森崎さんがもし「地球上から〈朝鮮での〉植民地主義は消え果てた」と限定的に書いていたとしても、即座に「そんなことないです」って反発したことでしょう。

それからあまり間を置かず、『こだまひびく山河の中へ』（朝日新聞社）が八六年に出ましたね。これは八五年の韓国旅行のことを書いたもので、ルポ風の旅行記だから、今読むと資料としてもとても面白いんですよね、韓国でのキリスト教の広がりとか教育熱とか、現在まで続くさまざまな側面が具体的に観察されていて。でも八六年当時の私は、これもやっぱり相当に批判的に読んでいたと思います。
この本の中に、森崎さんが大邱《テグ》で出会った大学生たちと交流するシーンがあります。森崎さんが日本で趙容弼《チョーヨンピル》の歌が流行していることを話すと、修道院に入ることを希望している女子大学生が、こう言うんです。

「あれは日本の政策なのよ。日本のテレビが趙容弼にインタビューして、あなたは日本で歌っているのになぜ日本人の歌手は韓国で歌えないのかって聞いたのよ。日本の政策は、日本のカラオケや低俗なビデオを輸出して文化侵略をはかろうとしているのよ。だから、そのために韓国の歌手に歌わせるのよ」

一九九〇年代までの韓国では、日本の歌や映画、ドラマなどの文化は厳しい規制によって放映できませんでした。そこで日本側が、文化の規制をなくさせるための布石として、趙容弼を利用しているのだという、ずいぶんと穿《うが》った見方に思えますが、当時の大学生ならこれくらい言ってもおかしくありません。
このあたりは私にとって、かなり生々しい記憶です。日本のポップカルチャーは文化侵略だという学生たちの主張は、タイプ印刷の冊子などでリアルタイムで見たことがあります。

手書きのイラストが入った啓発ビラみたいなものを資料にして、学習会をやった覚えもあります。というのは、政府が規制しても、日本の歌謡曲の海賊版には根強い人気があってどんどん入ってきていたし（当時は五輪真弓《いつわまゆみ》や安全地帯の人気が高かったみたい）、一方ではヌード写真の入った週刊誌やアダルトビデオも裏で流入していたから、日本のポップカルチャーに拒否感を持つ人はいっぱいいたでしょうね。

こういう日本文化忌避は、自前の民衆文化を創り出すという自負でもあったし、全斗煥政権への強い批判と抱き合わせにもなっていました。韓国の学生たちの間には、八八年に開催されるソウルオリンピックは、ヒトラー政権下のベルリンオリンピックと同じ性格のものだという主張もありました。そんな時代だったので、私にも森崎さんの旅行報告が何か呑気《のんき》なものに見えて、「誰でも年をとると丸くなっちゃうのね（でも森崎さんに限っては、それでいいのかも……）」みたいに思っていたのかもしれません。ほんとに失礼な話だけど、それだけ森崎さんの存在は大きかった。私は、森崎さんがいてくれることをありがたいと思い、その原罪意識を頼りにして朝鮮半島について考えようとしてきたので、八〇年代の大韓民国を背景にしたとき、森崎さんの原罪意識が行方不明になってしまうように感じて、不安だったのかもしれません。

でも石原真衣さんのあの論考を読んで、「森崎は殖民者二世としての居心地の悪さを書いてきた。その罪の意識はおそらく必要以上に称揚——あるいは消費——されてきた」という箇所で、確かにそうだったと思ったんです。森崎さんのお父さんは、朝鮮人を尊敬せよと子供たちに教えた人で、教育者として朝鮮人にも尊敬されていて、植民者として決して平均的な人ではありませんでした。人格的に非常に立派な人だったと思いますが、政治的に見れば、綱渡りのようなところにいたでしょう。そのための苦しさというものが、森崎さんにも世襲されていたと思う。その特殊さもわかっていたつもりでしたが、それでも、朝鮮といえば森崎さん、みたいにインデックス化していたことは、妥当だったのか。

石原さんの指摘する通り、私はずっと、森崎さんの、緊張感に満ちた原罪意識の表明を「称揚」してきたかもしれません。ですが一方ではずっと、この人は何て多くのものを両親から負わされたのかと、やりきれない気持ちも持ってきました。森崎さんのお父さんは、「君は少数民族問題を知っているか。それは数の問題ではない」「慶州でぼくは少数民族問題を追究している。いつかはそのための塾をひらきたい。君も生涯いい仕事をせよ」(『森崎和江コレクション——精神史の旅 1産土《うぶすな》』藤原書店)と娘に言うような人です。そして、「ぼくは、前と後ろからピストルでねらわれている。君は長女だ。ぼくに万一のことがあっても、母を守り、落ち着いていなさい」(同前)とも言う人です。朝鮮人の反日意識と日本の憲兵の両方から見張られているという意味ですね。だけどそのとき森崎さんはまだ十五歳ですよ。

そしてお母さんは、病気で亡くなる前に「それでもあなたは長女だから、母親がいなくなったからって、めそめそしていてはだめよ、おとうちゃんがかわいそうだから。あなたがしっかりしていないと、おとうちゃんが病気になるのよ」（同前）と、言うんです。

森崎さんは、両親がいなくなった後の家長の役割だけでなく、お父さんから思想的な後継ぎの場に仮置きされているし、伴侶みたいにも扱われているし、一方でお母さんからは自分の身代わりを期待されている。何て残酷な経験だろうと思います。たぶん、家族から見ても傑出した子供だったから、そして戦争中の植民地というとても緊張した状況だったからなのだろうけど。

朝鮮に生まれたことも選べないことだけれど、その中でも、朝鮮人に尊敬される教育者の家庭に生まれたことは、もっと大変だったのかもしれない。そんな立派なお父さんだから、批判的に継承する、あるいは乗り越えるということも難しかったのかもしれない。小林勝《こばやしまさる》、後藤明生《ごとうめいせい》、村松武司《むらまつたけし》など同年代の植民者二世三世たちは、こうした経験とはおそらく無縁だったと思うもの。

その上、お父さんも、森崎さん自身も、家族の誰かに代わって誰かに謝罪する人なのよね。お父さんは、自分のお兄さん（森崎さんの伯父さん）が、お酒と芸者遊びで家産を全部失ってしまったとき、苦労を重ねていた兄嫁さんに「兄貴を今見離したなら、どげなるかわからん。あねさんな、どんなにか切なかろう、ゆるしてくれ」（『慶州は母の呼び声』）と言って、家を買い戻し、伯母さんが路頭に迷うことのないように手筈《てはず》してから、朝鮮へ渡ったのだそうです。この伯母さんには子供がいなかったので、お父さんは和江さんに、あの伯母さんにはよくしてあげるようにって、頼んでいたらしい。

一方で、森崎さんは日本にやってきた後、母方のおばあさんに会いに行って、謝ったと書いていています。自発的な行為だったと読めますが、自分の母があなた（祖母）に背いて勝手な結婚をして朝鮮に行き、私たちを産んだことを許してくださいって。

こう見てくると、こんなに奮闘する長女が出来上がるのも、家父長制の一部だなと思わされる。どんなに立派な人でも、親と子の間って、宗主国と植民地みたいな関係が生まれてしまうことはありますよね、介入と愛は、ある場合とても似ているから。そして同時に、これを書きながら、自分を卑怯《ひきょう》だなと感じます。森崎さんが生きていらしたころにこんなことを書けたかというと、書けなかったと思うから。

森崎さんは、荷の重さを何度も書いていたのに、読む側は、森崎さんはそれを十分に背負い切ったのだと思って、子供の悲鳴を読み過ごしたのかもしれません。または、森崎さん自身が「彷徨するわたしの心とは無縁に、混濁の日本の中に生まれ日本を母乳として育つ二人の子だけが、わたしの母のようだった」（同前）と書いていたように、子供を産んで一緒に過ごすことの中にすべての葛藤は溶けたと、思っていたのかも。

森崎さんは、亡くなる直前の弟さんに言われたという「女はいいな。何もなくとも、子どもが産めるもの。大事に育てなさいね」（同前）という言葉を何度も書いているけど、これもずっと気になっていました。この言葉には陰と陽の二面があって、それを、当時の文脈と今の文脈の両方で考える必要があるなと思って、ずっと、混沌としたままでいます。

この往復書簡で話そうと思っていたことの一つが、「産む」というテーマだったと思うけど、いちばん書けなかったのもこれだった。他の話題の間にはさんだり、何かとの合わせ技で話せることではないみたいでした。当たり前だったことが当たり前でなくなっていく世の中で、「案ずるより産むが易し」は遠くなったということだけは書いたし、去年はこのテーマに関する本もいろいろ出たから読んでみたけど、考えが凝固しませんでした。私の側に、にがりが足りない。つまり自分の経験を、自分が内側から感じている実感だけでなく、もっと大きいところに位置づけるための何かが足りなかったようです。でも、満を持して考えてみようとしても、「満」自体が移ろっていく。

森崎さんの原罪意識が自分にとっては行方不明になってしまった後、九〇年代には自分が子供を産んで、本を読むどころではなくなって、その後はぐっちゃぐちゃで、一方で森崎さんの書くものはどんどん生命賛美みたいなところへ向かっていき、やがて『森崎和江コレクション』の刊行が始まって。私は森崎和江の追っかけとしては根気が続かず、ギブアップしたんでした。だから『現代思想』の特集に原稿を書いたときも、唯一、連続して見えた「ずっと詩を書き続けていらしたこと」に焦点を合わせるしかなかったのですが、石原真衣さんの「森崎には本当はすべきことがあったと思う。殖民主義によって森崎の身体に背負わされた荷物を広く分かち合うこと。そう呼びかけること」と始まる箇所に、芸もない言い方だけど、本当にその通りだと思いました。

さらにまた石原さんが、森崎さんの本は自分にとって「読みぐるしい」、と書いていて、この言葉はすごいなと思いました。何重にも大事な意味を持っていると思った。「見苦しい」「聞き苦しい」という言葉はあるし、一方で「見づらい」「聞きづらい」と似た「読みづらい」もあるけど（余談だけど、これは翻訳をしているとキーワードだよね、その割に、何をもって「読みづらい」のかはあまり掘り下げられてないよね）、どっちの系列にも属さない全く別の言葉ね。石原さんはこれについて、「読みぐるしい、という言葉は私がいつからか使い始めた造語である。当事者とは読みぐるしさを抱えさせられる主体でもある。自分の当事者性に関与するあらゆるテクストに誤解、間違い、偽善を容易に見出すためである。読みぐるしいという感覚と当事者性には相関関係がありそうだ」と書いています。この言葉があるために新しい問題の立て方が可能になるという、そういう言葉ってありますよね。「読みぐるしさ」はその一つだと思います。

自分が書いた言葉や、翻訳の言葉も、どこかで、読みぐるしさを誘発しているのかもしれないと思いながら年末を過ごして、続けて、のぞみさんに教えてもらった石原さんの『〈沈黙〉の自伝的民族誌《オートエスノグラフィー》』を読みました。それから、『現代思想』のインターセクショナリティの特集号（二〇二二年五月号）を読みました。

この特集号の巻頭の、石原真衣さんと下地《しもじ》ローレンス吉孝《よしたか》さんの対談の中に、下地さんのこんな発言がありました。

> 常に文脈のなかで具体的な言葉として考えていかないと「インターセクショナリティ」も「当事者性」もよくわからなくなってしまう。自分自身の身体が発する声や、声にもならない〈沈黙〉を、そのつどの文脈において考えることを通じてこそ議論が深まっていくのだと改めて思いました。

まるまる引き写してしまいましたが、「文脈」ですよね。この往復書簡の最初の回で、「翻訳はコンテキストが命」という藤本和子さんの言葉が出てきていたし、そもそものぞみさんと出会ったのは藤本さんの本のためだったたし。最後にまた、「文脈」という言葉に行き着いて、何だか納得しました。

そのつど文脈において考えることができるためには、この世はいわば文脈の集合体ではあるけど、マジョリティの文脈に遮られて見えない、聞こえないものがたくさんあること、しばしば「死角」といわれてしまうところに人が生きていて、その人の文脈を私がキャッチできないということを意識する必要があるんだろうなと。

十年と少し前、『置かれた場所で咲きなさい』（幻冬舎）という渡辺和子《わたなべかずこ》さんの本のタイトルが話題になったけれど、渡辺和子さんも森崎さんと同い年ですよね。森崎さんも確かに、置かれた場所で十分に咲いたと思いますが、同時に、置かれた場所で血を流し続けたと思う。置かれた場所で血を流す人はいつもいて、その人たちにとって小説とは何なのだろう。自分に引き付けすぎかもしれないけど、間口を広くとって、もしも小説や文学が役に立ちうるシチュエーションがあるとしたら、それを有効にしたいな、邪魔したくないなと。

また石原真衣さんに戻るけど、『〈沈黙〉の自伝的民族誌』に、「声なき主体」という重要な言葉がありました。「声なき」、そして「主体」。この二つの言葉の両方に、等価に鋭敏でなくてはならないだろうと思いました。いつも、一語一語を移すだけでなく、文脈を翻訳したいけれど。

最後がずいぶん駆け足になってしまいましたけど、一年間ありがとうございました。八〇年代の話が多くなりましたが、それはのぞみさんが合わせてくださった結果かなと思う。でも、八〇年代ってただバブル期と思われていて、あまり隅々のことが知られていないから、当時の文化運動のことなんかが話せたのはよかった。本当に八〇年代って、前半と後半ですごく違いますよね。

手紙のやりとりをしているうちにウクライナで戦争が始まり、日本の凋落《ちょうらく》がどんどん目に見えてきました。眼鏡を何度も拭いて、見晴らしを手に入れたと思っても、見晴らしだと思ったものが、歩いていくとどんどん傾き、ドミノ倒しみたいになっていき、また裾野を歩いているような気もします。私は翻訳を仕事にしたのが遅くて、あと何冊できるかわかりませんが、またいろいろ教えてください。続きはまた、会ったときにね。

二〇二三年一月十日

斎藤真理子

あとがきにかえて――とにかく道づれ

真理子さま

チョ・セヒの『こびとが打ち上げた小さなボール』が河出文庫に入りましたね。おめでとう。文庫版に寄せた「訳者あとがき」で知ったのですが、これは真理子さんが二〇一五年にパク・ミンギュ著『カステラ』で共訳者ヒョン・ジェフン氏と共に第一回日本翻訳大賞を受賞した翌年、単独訳で出版された最初の本だったんですね。「あとがき」に、若いころ韓国語を学びはじめて、大学を卒業する直前、この作品を一行おきにノートに筆写し、横の空白に日本語の訳を書いていったとありました。それが三十五年間の塩漬けを経て、晴れの舞台に登場したと……。

この「塩漬け」という絶妙な表現にうなりました。「三十五年間か」とため息をつきました。そして「塩漬けノートが晴れの舞台に登場した日」のことを思いました。それまで真理子さんがたどった旅の時間について、塩漬けにされたテクストが人知れずどれほど深く熟成したかについて、思いを馳せました。『こびと』は正真正銘の名著ですね。

いまから三十五年前、わたしはなにをしていたんだろうと考えると、またしても行き当たるのがクッツェーです。J・M・クッツェーの『マイケル・K』をたまたま手にしたのが三十五年前でした。南アフリカの作家としてクッツェーと出会ったわたしは、彼が生まれ育って六十二歳まで暮らし、多くの作品の舞台となった土地を一度は訪ねなければ、と思いながらなかなか果たせなかった。ようやくケープタウンを訪れたのは二〇一一年の十一月です。

真理子さんは留学も含めて、韓国とは何度も行ったり来たりしていますよね。朝鮮半島は日本列島と距離も近く、その関係は長くて深く、複雑です。一方、アフリカ大陸南端の土地は、地理的にも、意識の上でもとても遠い。江戸時代、日本はヨーロッパ諸国とはオランダだけとやりとりし、オランダ語を学び、オランダ語を介してヨーロッパから文化を取り入れてきたのだ、と言われても頭は長崎の出島で止まってしまう。前世紀半ば以降はもっぱら空路になったわけだし。

さて、オランダの植民地だった岬の街ケープタウンに行ってみると、十七世紀に築かれたカッスル・オブ・グッド・ホープという五角形の砦がありました。そこにはいまも南アの陸軍司令部があるのですが、古い建物は博物館のようになっています。いくつか部屋をめぐっているうちに、古風なガラスケースのなかに「VOC」と焼きつけられた有田焼のディナープレートがならんでいるのを見つけました。「VOC」とは世界最初期の株式会社、オランダ東インド会社（Vereenigde Oostindische Compagnie）のイニシャルです。それを見て、日本とオランダははるか遠い海路を介して、何百年も具体的に深い関係にあったことをあらためて確認しました。身体感覚で納得したという感じです。

話は飛びますが、六月初旬に中学の同窓会に出席するため札幌へ行ってきました。六月の北海道といえば、からりと晴れて緑がきれいで、と思うでしょ？　わたしも期待していたんです。なのにずっと雨で、ひどく肌寒い札幌でした。それでも六十年ぶりに会う旧友たちはとても陽気。

中学時代を過ごした土地は大きく変化して、みんなの頭のなかにしか存在しないんですが、「あの家の林はどうなった？」「全部伐られてもうないよ」「あの坂の下に流れていた小川は？」「埋められちゃった」「のぞみちゃんが住んでた赤い屋根の家も二年前に取り壊されて」といった話をしながら、生まれ育った土地の、すでに失われた細部を（それぞれの記憶のなかで）再生しながら共有できる人がいるのは、とてもありがたいとしみじみ思いました。

中学時代って人生でいちばん多感で微妙な時期と思われがちだけど、わたしは小学時代が、いまにして思えば、延々とユウウツな時間だったんです。小学生はほぼ全員おなじ中学に行く小さな社会でしたから、今回は中学の同窓会がそのまま小学校の同窓会みたいになって、それが思いのほか心地良かった。ワインを飲みながらワイワイと話す時間は、記憶のメンテナンスになったからです。

それではたと気づいたのは、この往復書簡もわたしにとっては、七〇年代から八〇年代までの記憶のメンテナンスだったかもしれないということです。とにもかくにも、旅の道づれになってくださった真理子さんには感謝しかありません。また『すばる』連載時から丁寧なコメントをくださった編集の岸優希さん、木倉優さん、本当にありがとうございました。

曇る眼鏡を拭きながら、それぞれの旅は続きそう。だから「良い旅を！」という言葉を贈りましょう。わたしたちの「その他性」のためにも（アフリカの文学は英語やフランス語など大言語の裏に「その他」の言語が隠れ、ひどくねじれていますが）、ここでちょっと耳慣れない言語を使わせてください。ナイジェリアのチママンダ・ンゴズィ・アディーチェの作品タイトルにもなったイボ語です——Ije awele!　イジェ・アウェレ！　良い旅を！

二〇二三年八月九日　猛暑の東京で長崎を思いながら

くぼたのぞみ

あとがきにかえて——詩心にチューニング

のぞみさま

最初の打ち合わせは二〇二一年の九月、リモートでしたね。約一年半後、単行本化の打ち合わせは対面で、私はそのとき初めて担当者のお二人と実際にお会いしたんでした。二〇二〇年以降、世界じゅうで多くの人が同じような経験をしたことでしょう。

最初は、もっと雑多な、ちっちゃいこともいろいろ書こうとしてたんですよね、食べもののこととか。でも、時期が時期だったからねえ。コロナとウクライナ。脚韻を踏んでるわけではないけれど、そういう時期だったからか、ふだん「塩を食う会」でのぞみさんと会って話すときより格段にまじめな内容になったみたい。まとめて読んだときのぞみさんもそう思ったみたいで、「ひょっとして、私たちってまじめなんじゃないかい？」と意見交換しましたよね。ひょっとしてひょっとしたら、そうなのかもしれませんぜ。

また、期せずして一九八〇年代を振り返る内容が多くなったとも思います。七〇年代には私がまだ子供だったので、のぞみさんと一緒に同時代を考えようとすると、勢い、スタート地点が八〇年代になってしまうからですね。でも、バブルの一言で片づけられてしまう八〇年代にも多様な側面があったことは記録しておきたいと思っていたので、よかったです。

　各回の後日談的なことを記録しておきます。

●二〇二二年一月六日
「ヌンソンイ」という単語についてずいぶん書いていますが、今またハン・ガンさんの小説を翻訳していて、そこに「ヌンソンイ」がどっさり出てきます。手紙では「本当は漢字語じゃなくてやまとことばの語彙が欲しい」などと欲張りなことを言っていますが、結局「雪片」とするしかないみたい。

●二〇二二年三月五日
　今年、『文庫で読む100年の文学』（沼野充義・松永《まつなが》美穂《みほ》・阿部《あべ》公彦《まさひこ》・読売新聞文化部編、中公文庫）という本が出て、私も短い文章を収録してもらったのですが、その際、「文庫化してほしいおすすめの本はありますか？」というアンケートがあったので、『ソウルの人民軍』を挙げたんです。そしたら同じページで、ドイツ文学者の金《キム》志成《チソン》さんが、J・M・クッツェーの『サマータイム、青年時代、少年時代』を挙げていましたよ。私たちが話題にした二冊の本が、全く別の経緯で一つのページに並んでいて嬉しかった。

●二〇二二年五月七日

記録を書き散らす癖は続いていて、一週間ほど実家に帰省するとき五年日記を持っていくかどうか悩みます。持っていかない場合はメモを取っておいて後で転記しますが、転記しているとき「いったい何のためにこんな手間を？」というまっとうな疑問が湧いてきて困ります。

●二〇二二年七月十四日

ここで紹介した『詩人キム・ソヨン　一文字の辞典』の共同翻訳の件は、ほんとに面白かったねえ。姜信子さんが『新潮』に書かれたコラムも最高だったんだけど、引用しきれないから、単行本に収まるのを待っています。

●二〇二二年十月十一日（一回休みの後）

この回で書いていた「生き延びる」という言葉が、一年も経たない今、さらに切実に感じられます。

●二〇二三年一月十日（これまた一回休みの後）

その後パク・ミンギュ氏に「リチャード・ブローティガンとの決闘」について少し書きましたよと報告すると、「虹色のウンコのことは書きましたか？　絶対にそれを書き漏らしてはいけません」と念を押されました。

さて、これを書いている今は地球沸騰化の夏です。世界はどんどん物騒で凶暴になっていくようです。こんなときだから手紙の大事さが沁みます。

連載が続いている間に、『スペインの家――三つの物語』『ポーランドの人』（いずれも白水社）と立て続けにクッツェーの翻訳が出て、またもやのぞみさんのあとがきに酔いしれたのでありました。そして『ポーランドの人』の中の詩篇の翻訳は、めざましくすてきでした。のぞみさんとの手紙のやりとりは一年間、生活の柱で、そしてのぞみさんの詩心とのチューニングでもありました。ずっと前に訳されたというアリス・ウォーカーの詩。それからひまわりの詩。どちらもすばらしくて、もっと読みたい。のぞみさんの詩心（それはもちろん、抒情性主導ではないもの）が、その知性と視野を支えているのだなと痛感したので。

眼鏡は一人でも拭けるけど、人と話しながら拭くとさらに遠くまで見える気がします。最初から最後まで、話が飛びすぎる私を頼もしく引っ張ってくださったのぞみさん、そして毎回あたたかいコメントをくださった集英社文芸編集部の岸優希さんと『すばる』編集部の木倉優さん、改めてありがとう。

二〇二三年八月六日

斎藤真理子

初出「すばる」
2022年2月号〜10月号、12月号、2023年1月号、3月号
単行本化にあたり、加筆・修正を行いました。

装丁
田中久子

装画
近藤聡乃
「呼ばれたことのない名前」スケッチより

カバー
20220629　二羽の青い鳥頭巾（部分）/ 20.3 × 20.3cm / drawing

化粧扉
20221217　貝と鳥 / 15.2 × 20.3cm / drawing

章扉
20220404　手紙（部分）/ 15.2 × 15.2cm / drawing

(All drawn on paper with pencil & acrylic ink.)

くぼたのぞみ

1950年北海道生まれ。翻訳家・詩人。主な訳書に、サンドラ・シスネロス『サンアントニオの青い月』、J・M・クッツェー『マイケル・K』『鉄の時代』『サマータイム、青年時代、少年時代』『ダスクランズ』『モラルの話』『ポーランドの人』、チママンダ・ンゴズィ・アディーチェ『男も女もみんなフェミニストでなきゃ』『アメリカーナ』などがある。詩集に『山羊にひかれて』『記憶のゆきを踏んで』など、著書に『鏡のなかのボードレール』『山羊と水葬』など。2022年、『J・M・クッツェーと真実』で第73回読売文学賞（研究・翻訳賞）受賞。

斎藤真理子

（さいとう・まりこ）

1960年新潟県生まれ。翻訳家。主な訳書に、チョ・セヒ『こびとが打ち上げた小さなボール』、ハン・ガン『すべての、白いものたちの』、チョン・セラン『フィフティ・ピープル』、チョ・ナムジュ『82年生まれ、キム・ジヨン』、ファン・ジョンウン『ディディの傘』、パク・ソルメ『もう死んでいる十二人の女たちと』、ペ・スア『遠きにありて、ウルは遅れるだろう』など。著書に『韓国文学の中心にあるもの』『本の栞にぶら下がる』。2015年、パク・ミンギュ『カステラ』（ヒョン・ジェフンとの共訳）で第1回日本翻訳大賞受賞。

曇《くも》る眼鏡《めがね》を拭《ふ》きながら

二〇二三年一〇月三〇日　第一刷発行

著　者　くぼたのぞみ、斎藤真理子《さいとうまりこ》
発行者　樋口尚也
発行所　株式会社集英社
〒一〇一－八〇五〇
東京都千代田区一ッ橋二－五－一〇
電話　〇三－三二三〇－六一〇〇（編集部）
〇三－三二三〇－六〇八〇（読者係）
〇三－三二三〇－六三九三（販売部）書店専用

印刷所　大日本印刷株式会社
製本所　ナショナル製本協同組合

ISBN978-4-08-771847-8　C0095
定価はカバーに表示してあります。